周作人著作

永日集

钟叔河——编订

岳麓書社·长沙

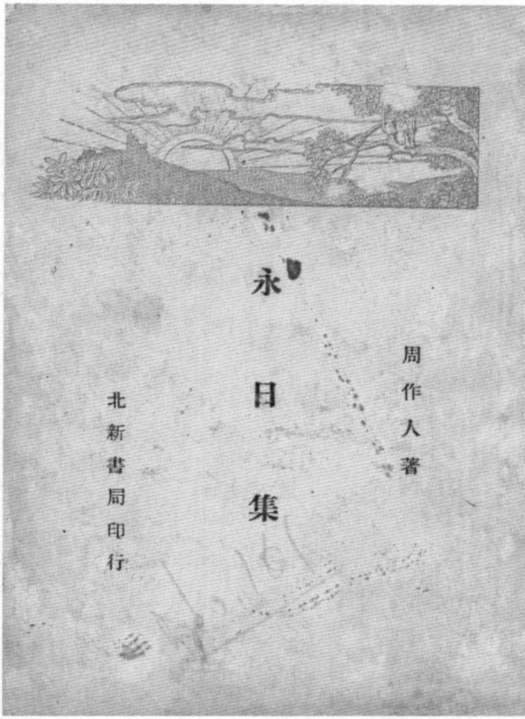

北新本《永日集》

编者的话

钟叔河

一九八七年一月七日《光明日报》上，岳麓书社刊出了我拟稿的一帧广告（左图），宣布了书社和我对重印周作人著作的观点：

“人归人，文归文。周作人其人的是非功过是另一问题，其书的主要内容是对传统文化和国民性进行反思，对中国—西方和中国—日本的文化历史进行比较研究，今之读者却不可不读。……”

随即便开始出书。既出周作人著作的单行本，也出精装合订本。两年之间，出了二十四种。

书当然不是想出便能出的，得按规矩，走程序。周家授权了，报告批复了，宋木文、杨牧之、伍杰各位领导都当面或来信表示应允和支持了，便能够出了。

出就得出好。当时强调了两条：（一）因为均系据旧本重印，所以一定要认真校订，尽力改正旧本误植失校的错误；（二）因为手稿不存，无法对勘，所以一定要详出校记，改动处一概保留原文，承担责任。

这两条，读者看来大都是认可的。直到如今，在旧书网上，八十年代“岳麓版”的周作人著作，始终都卖得不错。

现在，岳麓书社决定又来重版周作人著作，仍然要我负责编订，做法则一仍其旧。还是这些书，还是这两条，新的广告也就不必再做了。

鄢琨君三十年前和我同编了这些书，此次仍然合作，所有案头工作都是他做，各书重版说明也多是他写的。校记原列表在书末，如今改作尾注。鄢君新增校改之处，标出“鄢校”，特此说明，并志感谢。

二〇一八年五月十五日于长沙。

重版说明

《永日集》，一九二九年五月北新书局初版，为《苦雨斋小书》之四，有序一篇，收一九二一年至一九二九年间所作文三十九篇，外代跋一篇，题目是《〈专斋漫谈〉序》，有注云："《漫谈》未续写，移作本集代跋。"

作者在序文中写道："我的文章中所谈的总还是不出文学和时事这两个题目。"本集前二十一篇，从《〈忒罗亚的妇女〉》《荣光之手》到《关于妖术》《闭户读书论》，确实是评介文学作品和社会文化的译述、序跋和论说，可以说都属于广义的文学的范围；后面的《杂感十六篇》（十五篇曾刊《语丝·随感录》）和《国庆日颂》《在女子学院被囚记》，则全是针对时事的杂文。

本社一九八八年九月据北新本校订印行，此次仍据该本加校重版。

目　录[1]

序 ………………………………………………………… 1

《忒罗亚的妇女》 ………………………………………… 3

荣光之手 ………………………………………………… 15

论山母 …………………………………………………… 24

在希腊诸[2]岛 …………………………………………… 41

平安之接吻 ……………………………………………… 52

访问 ……………………………………………………… 59

蔼理斯《感想[3]录》抄 ………………………………… 66

《谈龙集》《谈虎集》序 ………………………………… 75

《花束》序 ……………………………………………… 78

《桃园》跋 ……………………………………………… 82

《杂拌儿》跋 …………………………………………… 85

《燕知草》跋 …………………………………………… 88

《聊斋鼓词六种》序 …………………………………… 92

《大黑狼的故事》序 …………………………… 95
《医学周刊集》序 …………………………… 99
新旧医学斗争与复古 …………………………… 102
妇女问题与东方文明[④]等 …………………………… 107
关于失恋 …………………………… 113
关于人身卖买 …………………………… 119
关于妖术 …………………………… 122
闭户读书论 …………………………… 128
国庆日颂 …………………………… 132

□杂感十六篇
罪人 …………………………… 136
女子的文字 …………………………… 138
爆竹 …………………………… 140
女革命 …………………………… 142
愚夫与英雄 …………………………… 144
《爱的艺术》之不良 …………………………… 146
莲花与莲花底 …………………………… 148
食莲花的 …………………………… 152
关于"食莲花的" …………………………… 154
干政与干教 …………………………… 156
山东之破坏孔孟庙 …………………………… 157

历史 …………………………………………… 161
老人政治 ………………………………………… 162
欧洲整顿风化 …………………………………… 163
《神州天子国》 ………………………………… 165
杀奸 …………………………………………… 167

在女子学院被囚记 ……………………………… 170
《专斋漫谈》序（代跋） ……………………… 178

【锺校】

①目录各标题下原标有写作日期（其中“杂感十六篇”仅标于总题下），今删。

【鄢校】

②“诸”字原缺，据正文补。

③“感想”原作“随感”，据正文改。

④“文明”原作“问题”，据正文改。

序

民国十七年是年成不很好的年头儿。虽然有闲似地住在北京，却无闲去住温泉，做不出什么大文章。一总收在这小册子里，还不到全部的三分之二，其一小半乃是十七年以前所写的东西。

有五篇是翻译。有人或要不赞成，以为翻译不该与自作的文章收在一起。这句话自然言之成理。但我有一种偏见，文字本是由我经手，意思则是我所喜欢的，要想而想不到，欲说而说不出的东西，固然并不想霸占，觉得未始不可借用。正如大家引用所佩服的古人成句一样，我便来整章整节地引用罢了。这些译文我可以声明一句，在这集内是最值得读的文字，我现在只恨译得太少。在自己的文章中只有一篇《忒罗亚的妇女》觉得较好，这篇戏曲的原文实在也值得全译。

我的文章中所谈的总还是不出文学和时事这两个

题目。关于文学我的意见恐怕如不是老朽也是外行的，——其实外行我原是的。我的意思说在《〈大黑狼的故事〉序》里，虽然谷万川君就不佩服。至于时事到现在决不谈了，已详《闭户读书论》中，兹不赘。

民国十八年二月十五日，岂明，于北平。

《忒罗亚的妇女》

基督前四一六年，周威烈王十年的时候，雅典大军围攻一个名叫美洛思（Mélos）的小岛。这个岛没有武力，也不大有什么商业，只靠农业勉强生活。雅典战败波斯之后，想做希腊的盟主，要收服这岛，派使者去交涉，非降则战，岛民请求中立，也不答应，于是终于决裂，雅典派兵攻破这岛，屠灭所有成年男子，把妇女小孩掳去为奴。岛上人口本来不多，屠杀之后，送了五百名移民去，便又把这小岛重兴起来了。这件小小的事情，在军事上很少价值，在政治上[①]也没有直接的影响，但是却激动了两位大人物，在思想文艺上留下了大纪念碑。一个是都吉迭台思（Thoukudides），在他那简洁严谨的历史里分出二十六章的地位来纪述这件事，许多《左传》式的叙录很有艺术的价值，但最重要的是他的道德的与历史的眼光。据他看来，这件小事即是雅典衰落的根源，因为这正犯了“过”（Hubris）的大罪，结果必至自灭，而且在事实上，日后招致败亡的昔昔利远征的意思，与这回收服美洛思岛的心事正是一样。都吉迭台思纪其事曰：

> 他们把美洛思男子之成年者都处死，掳掠妇人小儿作为奴隶。随后他们遣移民五百人去，将其地占为己有。是年冬，雅典人计划一个较以前更大的舰队，将去征服昔昔利。……

微言大义，已很明白的表出来了。

还有一个人是欧列比台思（Euripides），他是希腊三大悲剧家之一，虽然生于二千三百年前，但其著作中唯理的思想与人道的精神，使得我们读他如对当代的大师，发生亲密之感。他于第二年春天，大舰队还在预备出发的时候，发表他的杰作之一《忒罗亚的妇女》（*Trōades*）。这是讲希腊联军征服忒罗亚的事，传说中最有光荣的胜利，但是他讲的很是特别，我们相信他手里写着忒罗亚，心里却是想着美洛思。所以他所写的并不是胜利的光荣，乃是胜利之悲哀。战事完了，“圣林空虚，神殿上染红了鲜血”，战死者在地上腐烂，将空气都熏坏了，得胜的兵士怀乡心切，彷徨不安，往来游行，只等风来送他们离开这亲手毁坏的土地。在这里序幕开场，忒罗亚的守护者海神波塞敦（Poseidōn）出来，对着废墟悲叹，希腊联军方面的雅典那（Athēna）女神也正到来，可是她的态度改变了，因为希腊军大逞淫杀，已犯了“过”的大罪，所以她也要惩罚他们。她要使他们“永久想归家，却终是归不到家”，与波塞敦的愿望正是相合，由雅典那去请求宙斯（Zeus）大神遣风暴袭击于中途，波塞敦当兴风涛为助，临去时歌云：

你们多么胡涂呵，
你们践踏城市的人，
毁坏神的庙宇，
作践坟墓——陈死人的
静寂的庙堂的人们，
你们自己也是早晚就死的人呀！

但是这篇戏剧里的主人公既不是严厉的天神，也不是胜利的英雄，乃是被掳的几个妇女。忒罗亚的老王后赫古巴（Hekouba）是中心的人物，其馀是她的女儿凯珊特拉(Kassandra)媳妇安特罗玛该(Andromakhē)与海伦那（Helenē），还有一群无名的女子，即为剧中的歌队。剧中的重要情节，即为希腊军对于俘虏之处分。凯珊特拉本为归依亚波隆（Apollon）神的童贞女，现被分配给希腊主帅亚伽门浓（Agamemnōn）为妾。海伦那则仍由故夫美纳劳思（Menelāes）带去，虽然当时形势汹汹，声言将把她处死，但大家知道后来随即和好，同去作斯巴达王与后去了。史诗里人所同情的被欺的丈夫，至此乃写得很是凶暴而卑鄙，智勇双全的阿迭修思（Odusseus）现在是赫古巴的主子，也变成阴险的小人。但是中心部分是在写希腊人的处分赫克多耳(Hektor)的小孩亚斯都阿那克思(Astuanax)。安特罗玛该（赫克多耳妻）已被分给亚吉勒思（Akhilleus）的儿子比耳罗思（Purrhos），她正同赫古巴商议，还是抗节而死好呢，还是且忍耐着再图机会。老姑劝她暂且忍受，或者能够感动主人善待她的孤子，将来长大起来或有复兴忒罗亚的一日。正说之间，那老实的使者却已走来，带着一个可怕的恶耗。(他是剧中唯一善良的希腊人。)

使　忒罗亚最伟大的心的配偶，
　　安特罗玛该，请不要怨我。
　　我不是高兴来通报你，
　　但是人民与王公都同声的说，……

安　什么？你带来的不是好事！

使　命令把这个小孩，……
　　啊，我怎能告诉她这个呢？

安　可不是他不和我一起
　　同归一个主人么？

使 希腊没有人为他的主人。

安 那么，把他留在这里

重建起这个废墟么？

使 我不知道怎样的告诉你才好。

安 你的心很好。你所隐藏的，

我怕不是好的，却是恶的消息！

使 他们的意思，你的小孩非死不可，……

现在，这最坏的话都说出了！

安 啊，还是做敌人的婢妾还能忍受！

使 在会议里阿迭修思主张说——

安 啊，完了，完了！

我担受不起……

使 说这样危险人物的儿子

不可让他长养成人——

安 神啊，愿他的主张

应在他自己的儿子身上！

使 应从这城上把他摔死。……

这以下便是母子分别的那一场，据英国穆雷（Gilbert Murray）教授在《欧列比台思与其时代》中所说，这可以算是世界所有悲剧的文学中最为伤心惨目的一篇，“看了之后，才真了解亚列士多德所说欧列比台思是诗人中之最悲剧的这句评语”。

安　（对小儿）去，我的宝贝，死罢，
死在凶人手里，留下我一个人在这里。
你的父亲太英雄了；他们所以要杀害你！
别的小孩子或者还可以饶恕，
但是在你身上他的英勇反成了祸祟。
啊，我不幸的婚礼呵，
引我到赫克多耳的家去，
生产一个君临富庶的亚洲的王子，
并不是供希腊人宰杀的羊豕。
你哭么？我的小孩，为什么哭呢？
你不能知道这些。
父亲不会来了，他不会再捏了长矛，
从坟里出来救护你！
也不复有他的亲友出来
和忒罗亚的兵士。
现在只有，凌空一摔，……一直坠下去。
你的小脖子——神呵，于是来了沉睡！
更无人怜你！……你小东西，这样的
蜷曲在我的怀抱里，
你颈间是怎样的好香气！
我这胸脯哺乳了你，
长夜看护你的病，

到如今难道都成了一场梦。
亲我的嘴！只这一回，再没有第二次了。
举起小手来，抱住你母亲的脖颈！
现在，亲我罢，嘴对嘴的。……
啊，你们希腊人，
你们发明了比东方的拷打
更是厉害的一种苦刑！
你们为甚要杀害这个小孩，
他又不曾怎样触犯了你们？
啊，海伦那，海伦那，
你这丁达娄斯所种的恶树，
谁说你是宙斯的儿女？
你受生于众多的父亲，
风狂，怨恨与死！和那天上的恶毒！
宙斯不是你的父亲，你这僵尸，
吸干了希腊和全世界的血！
神恨你毁坏你，你用这双美目
使得忒罗亚变成了荒野。
快，快，拿他去，拖他去：
从城上摔下他去，若是你们要摔！
你们禽兽，快快的撕他粉碎！
上帝罚我，我不能举起我的

一只手来救我儿的命。……
啊，盖住我的头替我遮羞，
把我抛在舟夫的板凳底下！
（昏晕，旋稍起身。）
快快，我去赴婚礼去！……
我失了我自己的小孩！

使者把亚斯都阿那克思带走了，但是他临走时说："我愿神差遣一个比我更麻木，更是铁石心肠的人，来办这个差使。"中间夹入美纳劳思的喜剧似的一场以后，又复现出异常凄惨的场面，希腊人将小孩的尸首发还赫古巴埋葬：一个孤苦零丁的老妇人抱着一个死的小孩！

赫　小人儿，想不到你这样的死法！
若是你长大成人，结了婚，登了位，
为国而战死，我们将说你是幸福，
倘若在这世间有什么幸福。
但是现在你的眼看见，你的嘴尝到味道，
你却不知道也不曾享受
周围的丰富的生活。
可怜的小人儿！这是我们的那古城墙么，
神们所建造的围城，
这样的撕去你的卷发，——

那些可爱的小花儿，
是你母亲的花园，
是她所常常亲吻的地方？
正是这里，头角裂开，
白巉巉的张着口，——天呵，我不能再看！
你那两臂同你父亲是一模一样，
现在却怎的柔软的垂着！
你那可爱的嘴，现在永远的闭了。
今天早晨你讲的怎样的诳话，
那时你爬进我的床来，
叫我种种亲爱的名字，答应我说：
“祖母，你死的时候，我当剪短头发，
带领众兵官送到你的坟前。”
你为什么那样的骗我？
现在这却是我，无家无儿的老人，
来为你洒泪，哭你这样幼年悲惨的死。
天呵，你迎接的步声，在我膝上的抚抱，
呵，以及那甜美的入睡，都是过去了。
诗人在墓石上将怎样的纪述你的死呢？
“一小儿死在此下，为希腊人所惧，
故为希腊人所杀。”
咦，这真足为希腊人的荣光了！……

（几个女人从战死者的身上拿来一点破衣，赫古巴给死儿包上，举行“迷信的”殓葬的仪式。）

赫 （跪在儿傍，象征的按死儿的伤。）

我使你变成完整，
我缚你的伤，小小的亡魂。
我用白布医治这个与这个的伤：
啊，虚空无益的事呵！……
但是仪式且举行了。愿这个与——不，
不是我，但是他——你的父亲
能够略略的安慰你！

（她叩首至地，伏着不动，亦无所见。）

最后几场差不多有神秘的气味。当初赫古巴告诉于神，神绝不管；次告诉于死者，他们总当有所眷爱，但是死者也同神一样的聋，不能听闻或加援助。在战争的喧扰与耻辱中间，最神圣的死神出来，收他们到安息里去了。于死者中得不到同情，于神得不到救助，随处无复迷妄的信托，赫古巴直面现实，乃发见即在忒罗亚剧烈的痛苦中存在一种不死的光辉。她可以说那时并非到了她命运的底，却是在顶上的最高峰了。希腊人预备起程，已把忒罗亚城放起火来，王后奔过去想投身火中，守兵把她拉住了。妇女们看这烧着的城，等到后来一声响，那高塔倒了。黑暗中希腊军的画角吹起来了。这是指示妇女应该上船去了；她们出来，失了一切的宽慰，并且失了死，往就奴隶的新生活。但是她们看出来，正在她们的一无所有那里，人生中有或物，不是奴役或死所能损及的。

（《欧列比台思与其时代》第五章）

这篇悲剧，如穆雷教授所说，可以算是欧洲文学中对于人类的哀怜的精神之初次的表现。我们看《忒罗亚的妇女》，很奇怪的其中并无什么激烈的态度，更没有报复的思想。“这只是世界的一个大委屈的呼号，为最悲剧的诗人制成音乐，变为美的东西而已。”然而它的影响决不很小，因为“哀怜是一种反叛的感情”，他的手是抗拒强者，社会的势力，传统的规定与公认的神的。许多宗教和政治上的反抗与殉难都是本于这个精神，所以哀怜所给予的不是平和，却是剑。《忒罗亚的妇女》表面上似是非战的文学，但他所反对的实在不只是战争，他是对于一切强暴行为的宣战。这是爱的文学，但一面又是恨的文学。当中国战国初期，已经发现这样伟大的作品，希腊的文明真足以夸示于世界，连中国包括在内。

［附注］一、以上译本系依据穆雷韵文译本，手头没有原文可以比较，所以词意有点差异也未可知。

二、关于忒罗亚战争，希腊传说是这样说。忒罗亚王子巴黎思因了爱神的帮助把斯巴达王妃海伦那诱逃，她的丈夫美纳劳思邀集了希腊联军前去征伐。联军以美纳劳思的兄亚伽门农为主帅，有亚吉勒思，阿迭修思诸名将为辅，但是巴黎思的兄赫克多尔非常英勇，联军又生了内讧，所以相持十年城终不下。后来亚吉勒思复出，杀赫克多耳，又用阿迭修思木马之计，把城攻破，大肆焚掠。忒罗亚王家男子尽死，妇女被掳，尚有王女波列克色那因为吉亚勒思所喜，他死后希腊人把她在墓前沥血殉了葬了。凯珊特拉被亚伽门农带回家去，同他一起为王妃所谋害。赫古巴在中途遇见了害她的小儿子的仇人，残酷的复仇之后，投海而死。比耳罗思后与亚伽门农之子争海伦那的女儿被杀，亚特罗马该嫁与逃亡的忒罗亚王子海伦诺思。在这篇剧里，亚特罗马该的性格最可注意，虽然在后世看来或者似欠激烈，但其沉毅处是希腊性质的特别长处，与平常歇私底里的女子不同，这在与赫古巴商量的地方最能表现出来，唯这篇里未曾译出。

【锺校】

①原无“上”字，今增。

荣光之手

“荣光之手”（Hand of Glory），这是一个多么好看的名字。望文生义地想来，这如不是医生的，那一定是剿灭乱党的官军的贵手了罢。——然而不然。我们要知道这个手，在文艺上须得去请教《印戈耳支比家传故事集》（*The Ingoldsby Legends*）。这是多马印戈耳支比所作，但他实在是叫巴楞木（R. H. Barham，1788—1845），是个规矩的教士，却做的上好的滑稽诗，圣支伯利（G. Saintsbury）教授很赏识他，虽然在别家的文学史上都少说及。圣支伯利的《英文学小史》还在注里揄扬这位无比的滑稽诗家，但在《十九世纪英文学史》说的更为详细一点，其中有这几句评语：

> 《印戈耳支比家传故事》在著者晚年八年中所发表，编印成集，世上比这更为流行的书几乎没有了。到了近时才有一点儿贬词，不过那是自

然而且实是不可免的结果，因为第一是言语与风俗有点改变了，第二是已经流传的那样广远而长久。没有人硬要主张，以为这是文学的大作。但是为了那既不平板也非喧噪的无尽的谐趣，几乎奇迹似地声调韵脚之巧妙与自然，凡是能判断与享受的人如去读巴楞木总是不会失望的。

集里第一篇便是荣光之手的故事，现在且抄引它几段，不过只是大意，原文的好处自然是百不存一了。

在那冷静阴寒的原[1]野上，
在那半夜的时光，
在那绞架的底下，
手搀手地站着凶手们，
一个，二个，三个！
“谁愿的走上去，
快靠着那手脖子，
给我切下那死人的拳头！
谁敢的爬上去，
在他凌空挂着的地方，
给我拔五绺死人的头发！”

据说在达平顿的原野上住着一个八十多岁的老太婆，钩鼻，驼背，烂眼，头戴尖锥帽，一看就明白这是一个巫婆！现在那三个凶手们到她的草舍里来了。——

听了也可怕，
那些恐怖的言语！
祷告是倒说的，
说着还带冷笑。
（马太霍布金告诉我们，
巫婆说祷告的时候，
她从“亚们”起头。）
看了也可怕，
在那老太婆的膝上，
放着干瘪的死手，
她笑嘻嘻地捏着，
她又小心地拿那五绺头发，
拖在挂着的那绅士的脑袋上的，
和上黑雄猫的脂膏，
赶快搓成几支灯芯，
装在五个手指的顶上。
“死人来敲门，
锁开，门闩落！
死人手作法，
筋肉都别动！
睡的睡，醒的醒，

都同死人一样死！”

把这咒语抄了之后，荣光之手已经制造成功了，后来的事情是强盗杀人，末了在达平顿原野的黑绞架上挂上了“一个两个三个”的凶手们，老太婆的胸前挂了一只死人手与一匹死雄猫，正要被抛下河去的时候却给那魔鬼带往地狱去了。

我们如嫌上文说得还欠明白，那么可以到科学书上去找找看。弗[2]来则博士的《金枝》（Dr. J. G. Frazer, *The Golden Bough*）节本上略有说明，即第三章讲感应法术的地方：

> 拟似法术中很繁盛的一支派是借了死人来作法的。……各时代各地方的盗贼多行这门法术，在他们的职业上是极有用的。如南斯拉夫的贼起手用一根死人的骨抛在屋上，嘲讽地说道：“骨头会醒时，人们也就醒。”以后这屋里的人就再也睁不开眼来了。同样在爪哇贼从坟上拿一点土，撒在他要偷的人家的周围，使家中人沉睡。印度人把火葬的灰撒在门口，秘鲁的印第安人则撒人骨的灰土，哥萨克人将死人胫骨除去骨髓，灌入牛脂，点起火来，在屋外周行三遍，也能叫人熟睡如死。哥萨克又用腿骨做箫，吹时使闻者疲倦不能兴。墨西哥的印第安人用初次做产而死

的女人的左臂骨，但是这骨又须得是偷来的。在进人家去以前他们以骨敲地，使家中人不能言动，僵卧如死，能见闻一切，但全然无力，有些简直就睡着而且打鼾了。在欧洲则云荣光之手有同样的能力，这是绞死者的手，风干．制过的。倘若再用一支死在绞架上的恶人的油所制的蜡烛，点着放在荣光之手上像烛台一样，能使人完全不能动，有如死人，连一个小指也动不来。有时候死人的手就当作蜡烛，不，一串蜡烛，所有干枯的指头都点了火，但如家中有一个人醒着，也就有一个指头点不着火。这种妖火只有牛乳能够熄灭。法术上又有时规定盗贼的蜡烛须得用初生的，更好是未生的幼儿之手指所制，有时又说必须照了家中的人数点烛，因为他如只有太小的一支烛，有人会得醒过来捉住他。这些蜡烛点着以后，除了牛乳没有东西能够灭它。十七世纪时强盗时常谋害孕妇，去从她们的胎内取出蜡烛来。……

威克勒（Ernest Weekley）教授著《文字的故事》（*The Romance of Words*）的第九章是讲语原俗说（Folk-etymology）的，中间说及荣光之手：

语原俗说的一个奇妙的例可以从荣光之手的

旧迷信里找出来。这说的[3]是从绞架上取来的一只死人手，能够指出宝藏来的。

“谁愿的走上去，
快靠着那手脖子，
给我切下那死人的拳头！”
（印戈耳支比《荣光之手》）

这只是法文 Main de gloire 的译语。但那法文本是 Mandragore 之转讹，拉丁文曰 Mandragora，即曼陀罗，它的双叉[4]的根据说有同样的能力，特别是这植物从绞架旁采来的。

中国也有曼陀罗华，不过那是别的植物，佛经中所说天雨曼陀罗华那是一种莲花之类，《本草纲目》所载的又是风茄儿，虽然也是毒草，但其毒在果而无肥大的块根。这种人形的曼陀罗在匈加利小说《黄蔷薇》中曾有说及，第二章的末尾云：

女忽忆往事，尝有吉迫希妇人为之占运，酬以敝衣，妇又相告曰，倘尔欢子心渐冷落，尔欲撩之复炽者，事甚易易：可以橙汁和酒饮之，并纳此草根少许，是名胖侏儒，男子饮此，爱当复炽，将不辞毁垣越壁而从汝矣。女因念今日正可试药，以诃禁之。草根黝然，卧箱屉中，圆顶肿足，状若傀儡。古昔相传，是乃灵草，掘时能作大嗷，闻其声者猝死，人乃缚诸犬尾，牵而拔之。神人吉尔开（Kirkē = Circe）尝以此草蛊惑阿迭修斯（Odysseus）暨其伴侣，药学者采之则别有他用，名之曰 Atropa Mandragora，至其草为毒药，则女所未见者也。

安特路阑著《习俗与神话》（Andrew Lang, *Custom and Myth*）中有一篇论文曰《摩吕与曼陀罗》（*Moly and Mandragora*），说曼陀罗的情形与上文相似：

其根似人形。据说如有世袭的盗贼而不失童贞者被绞死，则有曼陀罗，阔叶黄花，形如其人，生于处刑的绞架下。曼陀罗与阿迭修斯的灵药摩吕相似，是凡人所不易掘取的。欲得曼陀罗的人须先用蜡塞住两耳，使不能听见那草被拔出土时的致命的叫声。在礼拜五的日出前，牵一匹全黑的狗，在曼陀罗周围画三个十字，掘松根旁的泥土，将草根缚住在狗尾巴上，拿一块面包给狗吃。狗跑上前来取那面包，把曼陀罗根拔起，但听了那可怕的喊声立即倒地死了。随后将草根取起，用蒲陶酒洗净，用绸片包裹，放在箱子里，每礼拜五给洗浴一次，每逢新月换一次新的白小衣。曼陀罗如好好地待遇，能够如家神一样地显神通。如将一枚金钱放在它的上面，第二天早晨便能发见有两枚在那里。

中国没有胖侏儒，但关于人参，何首乌，茯苓等也有同样的俗说，如宋刘敬叔著《异苑》云：

> 人参，一名土精，生上党者佳，人形皆具，能作儿啼。昔有人掘之，始下锸便闻土中呻吟声，寻音而取，果得人参。

匈加利的曼陀罗用作媚药，西欧则可以招财，与威克勒所说相近，但它似乎没有使人昏迷的法力，虽然本是有强烈的麻醉性的。荣光之手的起原恐怕还是如弗来则所说，由于借了死人来作法，未必是言语的传讹。言语学的神话解释已经不能存在，在土俗学的方面大约也是相同，《文字的故事》是一卷讲语原的通俗而又学术的好书，但他偶然讲到迷信的解说，虽是新奇而有趣味，却也总是不大的确了。

［附记］希腊史诗《阿迭舍亚》（*Odysseia*）第十卷中阿迭修斯自述与其伴侣漂流抵神女吉尔开之岛，伴侣们受神女宴飨，吃了干酪，麦食，蜜，酒，中和毒药，悉化为猪，未言用曼陀罗。阿迭修斯得天使之助，用了摩吕破神女的法术，救出友伴。诗中云："此草黑根，花色如乳，神人名之曰摩吕，唯凡人所

不易掘取，而在神人无所不可。”不知是何草，但其性质与曼陀罗相似，注解家云拔摩吕者必死。

（民国十七年九月二日，于北平市）

【锺校】

①原无“原”字，今增。

②“茀”原作“第”。

③原无“的”字，今增。

④“叉”原作“义”。

论山母 [译文]

英国哈利孙女士著

我们现在已经离开了坡塞敦（poseidōn，海神，原书前一章系论坡塞敦）了，但还没有与克来德（crētē）断绝关系。克来德岛给了我们一个特等重要的神话人物，这便是山母。在克诺梭思（Cnossus）故宫找到的一个封泥上，她出现在我们的面前：这封印简直是古代克来德的仪式与神话的一本小指南书。承发见者伊文思爵士（Sir Arthur Evans）的好意，我在堪第亚（Candia，克来德的今名）的博物馆初次见到这个碎片的时候，我真是喜出望外了。在她自己的大山上，站着山母，伸手拿着笏（Sceptre）。克来德岛的妇女真是照着自己的影像造她们的女神。她们叫她，虽然她是那么一个野东西，也照着她们的怪样，穿上一件花边的裙，她也有她们的细腰，而且她又把两只巡山的凶猛的狮子整齐地放在两边，作为严肃的守卫。这些狮子是十分谂熟的。他们守卫那牟该那

（Mycenae）的门，不过那里的女神变成了中间的柱子，现在这里却是活过来了，威严而且伟大。女神的左边是一座克来德式的神殿，装饰着神圣的角以及柱子，这就是表示她与动植生物有关的象征，因为柱子只是树木之变形的罢了。在女神前面站着一个礼拜者，正在忘我（Ecstasy）的境界。

在这个封泥上面，山母，那个女神单独地站立而且统治。在别的雕玉上，时常有一个男神正从天上飞下来。但是，很显而易见地，他常是年少，而且居于从属的地位。克来德宗教上的男神有时只是母性的附属，一个小儿，有时是一个少年，有时是使地受胎的天力。这个母神的至尊无上，与宙斯（Zeus）父神主政的阿灵坡思（Olympos，山名，希腊诸神所居之地）系统正成对比。这代表地之崇拜，与天相对。包萨尼亚思（Pausanias）书中记有陀陀那（Dodona）地方女祭师所唱的颂歌，其词曰：

地给予我们百果，
故我们颂扬地母。

在克来德，山自然就代表了地，而地乃是母亲，因为她给予生命于植物动物和人类。爱斯屈洛斯（Aeschylus）作《慈惠神女》（*Eumenides*）里特耳福伊（Delphi）地方女祭师呼召诸神的时候，她开始这样说：

> 我的祷告里，在一切众神之前，
>
> 我呼地母，那太古的预言女神。

我们现代的父权社会将宗教的人神同形思想集中于天父与子，罗马教会较富于人情，则并收容圣母，她是母亲和处女。在这一点上，她是遵从克来德人的教训的。这个母之崇拜与父之崇拜，在我们要想理解希腊神话之复杂组织的时候，实在是十分重要的，这足以代表希腊宗教里的两大层，其一是南方的，古代的一层，这是亚那多利亚（Anatolia），也是克来德的，有那威严的母神，其他是印度欧罗巴的北方的一层，有父神为父权家族之首长，而且，虽然他有无数的外遇，至少在表面上总是一个妻子的丈夫。北方宗教当然反映一个父系的社会组织，南方则是母系的。这是很可注意，又可以看出两者的差异是如何的深，那母亲永不曾被请到荷马（Homer，正作 Homēros）的阿灵坡思山上去。就是台美德耳（Demeter），虽然她在希腊到处被那样地崇奉，她在阿灵坡思的地位终于是极不安定的。后来在荷马以后的时代，南北已经混合，母神才算得到一个位置，在那更为活动的众神殿中，当作诸神的母亲。

荷马时代之父权的阿灵坡思反映出社会的所谓英

雄的时期，也即是这时期的产出物，这注重个人过于全群，这是由于争战及迁徙的境遇所造成。母之崇拜则注重全群，注重种族与其接续过于个人的武勇，集中于繁殖的事实与生命的养育。她既是关系全群而非个人，所以在她旁边不但跟着她的儿子与情人，还有许多精灵之群，如冠者（Curētes），术士（Telchines），跳神（Corybantes），羊人（Satyroi）等。我们看到那子神迭阿女梭思（Dionysus）的时候，将更多地听到这些从神，但我们应当注意，这些也同样地跟着母神。欧利比特斯（Euripides）作《跳神诸女》（*Bacchae*）里狂女（Maenades）歌队便知道她们的迭阿女梭思礼拜与母之崇拜是合一的，她们唱道：

> 那个羯鼓归于母神勒亚（Rhea）之手，
> 却又离了母神，由那风狂的羊人们
> 拿来配这大家的跳舞，
> 这是迭阿女梭思所喜悦的
> 三年一度的跳舞。

还有特别重要之点。母之崇拜常是神秘的，仪式的。希腊的密教决不以父神宙斯为中心，却集中于母神与其附属的子神。阿灵坡思山上的父神，以及一切别的神道，人们对他都是根据情理地去接洽，把他当作伟大的人一样，用了祷告赞美礼物去见他，——但是母神便不相同，所用的乃是法术的，神秘的方法，她有她的密教。密教的意思，我们现在并不当作不可解的秘密那样解释了。这只是法术意味的仪式，生产结婚与死之戏剧的表现，这样举行系想借了法术之力以促进繁殖。主持这种法术的仪式的神道，大抵要比用了祷告赞美去接近的神道更为渺茫无定。母神的形状所以也没有像父神那样完全清楚地投射出来，成为人形。母神的最要的密教便是她的“神婚”，是一种招引繁殖的法术的仪注。

克来德的大母神虽然没有被请到阿灵坡思山上去，在希腊的思想与宗教上却留下极大的影响。许多她的神兽与附属物，许多她的性质，都借给希腊的女神们了。她把“神婚”借给了海拉（Hera)，把密教借给了台美德耳，把蛇借给了雅典那（Athena)，把鸽子借给了亚孚罗迭德（Aphroditē)，把她的“野生之主母”的职务借给了亚耳台米思（Artemis)。还有最重要的，即威严的女神与其附属的半为儿子半为情人的关系，也流传了下来。亚谛思（Attis）及亚陀尼思（Adonis）在希腊神话中常常复见，如海拉与耶孙(Iasōn)，雅典那与德修斯（Theseus）等。他们的高上的关系里所反映出来的并不单是希腊男女关系的状态。

希腊神话里的一个可爱的人物可以确说是从克来德的母神直接出来的，这就是那班陀拉（Pandōra），“万物之给予者”。在陶器画上，地母时常画作半身从地里出来。奥斯福的博物馆里有一个红地的两耳壶，在半身涌出来，我们普通称她作伽亚（Gaia）即地的图像上面，写着名字曰班陀拉。最初这班陀拉原是地母的名字，即“万物之给予者”，但是父权社会的神话却随便将她变作一个美妇人，集众神之赐予而成，所以成为“众赐”了。赫西阿特（Hesiod，正作Hesiodos）的《工作与时日》里这样地讲那件故事：

他这样说了，他们听从主神宙斯，
克罗诺思（Cronos）之子。
于是那有名的跛神依了宙斯的意思，
取土塑成一个端庄的处女。
明眼女神雅典那给她系带整发，
风雅神女和辩才王女
给她加黄金的项圈，
美发的时光神女给她戴春花的花鬘，
雅典那还给她着种种的衣饰。
那个杀亚耳戈思的使者又放上了
诳言，媚语和狡性在她心里，
依了宙斯的意思，使她能说话。

他叫这个女人名为“众赐”，
因为阿灵坡思众神都有赐予，
成为贪得的人们的祸患。

的确地，神话的路不一定是向上，那个大母神变成了一个诱惑人的女儿了。

但是那大母神却不曾完全被忘失。在英国博物馆里“贝尔氏的杯”上，画着班陀拉的产生，或者是制造的情景。雅典那与赫法斯多思（Hephaestus，即上文所云跛神，司锻冶者）在她两旁，正忙着装饰。但写在她上面的名字不是班陀拉而是亚纳西陀拉（Anesidora），“送上礼物来的”，是地母的真确名号。还有班陀拉的箱子，现在已经成为熟语，但略加查究，这却完全不是一只箱子。赫西阿特所用的字原是比妥思（Pithos），这不是说箱子，乃是一种大的瓦瓮。这种比妥思，希腊人用以贮藏五谷油酒的。在克诺梭思发见了这样的大瓮，整行地排列着，有几只里边还存留着所贮藏的谷类。班陀拉打开她的箱子的时候，并不是魔女放出人类的祸患来，这乃是地母开她的瓮，为她的子孙开放她五谷百果的仓库。虽然赫西阿特的诗很是美妙，就是他自己也醉心于这魔女的幻景，但在中间又闪露出来一种丑陋恶意的神学的反感；他是专崇父神的，而父神则不愿有大的地母在他的男子所造的阿灵坡思山上。所以那创造一切，创造神和人的她，须被取消重造，变成了男子的玩物，他的奴隶，他的诱惑，只具有肉体的美，以及奴隶的狡猾与手段。在那宗法制度，资产阶级的宙斯看来，最初的女人之产生乃只是天上的一个大玩笑罢了：

他这样说，这个神与人之父大笑起来了。

（案，此系赫西阿特诗中的一句。）

在从母系改变到父系制度的过渡时期，这样的神话的发生原是必然而且也是自然的。

（一）戈耳共（Gorgon）

我们知道地母是一个和善慈惠的人，万物之给予者，一切野生之主母与保护者，但她又有别一个很不相同的方面，她不但是使百物产生，在生物死亡的时候她又接受他们到她的怀里去。吉该罗（Cicero）在《神性论》（*De Natura Deorum*）诗中说：

万物归于地而出自地。

又曰：

我辈皆尘土，复返于尘土。

爱斯屈洛斯在《奠者》（*Cho phoroe*）中说道：

咦，招大地来，她使万物生，

养育他们，又收他们回她的胎里。

雅典人用了本地叫地母的名字称死者曰台美德耳之民，在死人祭（Nekusia）的时候他们用牲祭地。在原始民族看来鬼是一种可怕的东西，所以死人的守护者地母也是可怕，她就成了戈耳共了。英国博物馆里有一张洛台斯（Rhōdes）地方的古瓦盘，上画地母，肢体悉如人，两手各执一鸟，但她有翅膀，其首乃一鬼脸（Gorgoneion），即戈耳共面是也。

像戈耳共这样的东西，世间当然不曾有过。那么，戈耳共面是什么呢？这只是仪式上的一个面具，一副恶脸，竭力做的丑恶，去恐吓人与妖魔的。戈耳共面普通都拖舌，瞪眼，露出獠牙。这是恐怖之具体的形象。这种仪式的面具野蛮人还是用着，以恐吓一切恶物，有形或无形的仇敌。戈耳共的头最初见于希腊文学是在荷马诗中。阿迭修斯（Odysseus）在冥中想同英雄的鬼魂交谈，但是——

> 未及谈话，千万的鬼魂周围聚集，
> 鬼声嘈杂，淡绿的恐怖据了我的心，
> 怕那可畏的冥后恨我，
> 从阴间放出一个怪物的凶恶的头来。

在这里，戈耳共的头显然是死人的守卫者。我们觉得倘若放出戈耳共那个凶恶的怪物来一定更有效力，但是并无怪物可放，只有一个凶恶的头。在古代艺术上这个可怕的头是主要部分，身子不过是附属品，很拙笨地把他添画在下面。戈耳共这怪物直接从那鬼脸变出来，并不是鬼脸从戈耳共变出。原来的仪式的面具又复活在雅典那的护心镜（Aegis）上。

但是希腊人的丰富的空想不肯把一切好好歹歹的事情付诸不问。新的仪式给了他们一个面具，或是戈耳共的头；倘若既有了戈耳共的头，那么一定有一个戈耳共在那里，或者更好一点，照例神物每易成为三数，于是如爱斯屈洛斯在《被缚的普洛默丢斯》中所说：

那姊妹三个，有翼的戈耳共们，
长蛇为头发，为生人所憎恶，
无人能见，能当她们的毒气。

戈耳共用了眼光杀人，它看杀人，这实在是一种具体的恶眼（Evil Eye）。那分离的头便自然地帮助了神话的作者。分离的头，那仪式的面具，是一件事实。那么，那没有身子的可怕的头是哪里来的呢？这一定是从什么怪物的身上切下来的，于是又必须有一个杀怪物的人，贝尔修斯（Perseus）便正好补这个缺。所可注意的是希腊不能在他们的神话中容忍戈耳共的那丑恶。他们把她变成了一个可爱的含愁的女人的面貌。照样，他们也不能容忍那地母的戈耳共形相。这是希腊的美术家与诗人的职务，来洗除宗教中的恐怖分子。这是我们对于希腊的神话作者的最大的负债。

（二）蔼利女呃斯（Erinyes）

这样的宗教的净化，恐怖之驱除或是转变，在别种地之精灵蔼利女呃斯上也可以很明了而美丽地看出来。蔼利女斯（Erinys，单数）本来如字义所示，是“愤怒者”，即是怒鬼，——要求报复之被杀害的鬼魂。爱斯屈洛斯的《七人攻德柏城》里歌队唱道：

唉，运命呀，这多么凶厉，
奥迭坡思（Oedipus）的鬼魂呀，
黑的蔼利女斯呀，你的力真可怕。

被害者的血能毒污地与凶手，使他传染，像是种病的霉菌。所以《奠者》里的歌队这样唱：

养他的大地饮了血污，
要求复仇的血不再流动，
但是凝固，穿入那种病的凶手，
无人能够解救。

这大约是最早的意见，血自己把地毒污了，但是不久这血的诅咒成了人形，变为一个具体的诅咒，追逐着凶手了。

《慈惠神女》中雅典那正式地问蔼利女呃斯，它们是谁，是做什么的，那回答是：

诅咒是我们的名字，住在地下。

她又问它们的职权，答说：

杀人的人，我们驱逐出他的家。

荷马把阿灵坡思众神描写得那么清楚，唯独这地下的怒鬼没有明确的形状，她们只是不可见的恐怖形象。但是爱斯屈洛斯不能不给她们一定的形状了，因为在《慈惠神女》里他要把她们放到戏台上来。他怎样地描写她们呢？他知道她们是地之精灵，他便把她们做成一半是戈耳共，一半是哈耳普亚（Harpy，正作Harpuia，肉攫鬼女），却比它们两者更可厌恶罢了。

女祭师在台耳福伊的庙里见到她们，她惊恐跄踉，出来报告所见。她们围绕着那个杀害母亲的阿勒思特斯（Orestes）蹲坐着。

在那人的前面我见了一群女人，
睡在榻上。但是，不！
这些不是女人，只是戈耳共们，
不过我觉得又不像戈耳共的样子。
我曾见那些画上的怪物，
在攫取斐纽斯的筵宴，但是这些，
这是无翼的，黑而且丑。

她们打鼾，发出很响的声息。

从她们的眼里流出脓汁。

在爱斯屈洛斯时代以前，蔼利女斯没有一定的形状，并无艺术的传统可以供他依据。

《奠者》中发疯的阿勒思特斯看见她们时，他只见了他所熟知的形相：

这些乃是戈耳共的形状，

穿着黑衣，缠绕着纠结的

常见的长蛇。

这常见的蛇实在是蔼利女斯的精神；蛇为死人之象征与化身，即是她的最初的相。《慈惠神女》中克吕泰纳斯忒拉（Clytaemnestra）看见她们睡着，叫唤她们起来的时候，她叫道：

辛苦与睡眠，两个顽冥的叛徒[1]，

已经消磨了雌龙的盛怒了。

又在《伊菲该纳亚在叨利思》剧中，发狂的阿勒思特[2]斯看见他母亲的鬼，他对比拉特思叫道：

你见她么？那冥土的雌龙，

她欲杀我，用了那些毒蛇都张着口？

这蛇不单是死人的象征，这是报复的工具，即蔼利女斯自己了。也就照这样，怨鬼蔼利女斯所有的蛇的象征便转移到报仇的活人身上去。阿勒思特斯在《奠者》里说：

我将现了蛇形去杀她。

克吕泰纳斯忒拉乞命的时候，他答说：

不，因为我父亲的运命喷出了你的灭亡。

（案，此处动词著者写作与蛇有关的 hisses，堪倍耳译本只作 breathes。）

这些可怕的蛇与戈耳共形相，经了诗人想像之力，转变成什么东西了呢？她们变成了欧默尼特思（Eumenides），即“慈惠神女”，她们从此住在雅典的战神山（Areopagos）上，“庄严神女”（Semnae）的洞窟里。亚耳戈思地方左近有三方献纳的浮雕，刻出庄严神女的像，并没有一点可怕的东西；她们不是蔼利女呃斯了，不是那悲剧里的可厌恶的恐怖物，她们是三个镇静的主母似的形像，左手拿着花果，即繁殖的记号，右手执蛇，但现在已不是责苦与报复之象征，乃只是表示地下，食物与财富之源的地下而已。献纳的人都是女子，在每面浮雕上又刻着男女礼拜者各一人。上有题字曰：“慈惠神女前许愿。”这或者是夫妇同到庙里去，供奉那照例的祭品，蜜，水，花，和一只大肚的母羊，如《慈惠神女》剧中所说：

供奉初生的百果，

报谢婚姻与生产的如愿。

转变为庄严神女之后，蔼利女斯不再狂呼报复了，她们问雅典那以后对于这地方应唱什么咒语，她回答说：

你唱那美的胜利的众善，
从地下，从下降的露，从天上来的，
四方的风，吹这日光所照的地，
地里出来的百果，
四时繁殖的牲畜，以及人种的安全。

变形的歌队承受她们的管领人生健康和长成的职务，唱出她们所预约的赏酬在这不朽的句里：

这是我们的恩惠，
没有寒风来吹枯树木，
也没有酷暑来晒焦萌芽，
把草木都枯死，
也没有瘟疫下降；
但是繁殖的牲畜
应时地产生羔犊，
还有富有的人民
为了我们的这些恩惠，
敬礼管领土地的神灵。

当那群众行列，紫衣执炬，蜿蜒上山去的时候，知道这是“地上平安，人间和善”了。

在戈耳共与地母上，尤其是在谒利女呃斯上，我们看出净化的进行，我们目睹希腊精神避开了恐怖与愤怒而转向和平与友爱，希腊的礼拜者拒绝了驱除（Apotropē）的仪式而采取侍奉（Therapeia）的自由崇拜。但是在有些别的神话上，这个进行常隐而不露。我们所要研究的阿灵坡思诸神，流传下来，大抵已都将一切粗暴及恐怖分子完全洗去了，不过有时偶而在神学或者更多地在仪式上，有些痕迹，指示出野蛮精神之留存：这有如雅典那，己身虽为希腊精神之表现，在她的护心镜上，还常有那戈耳共——恐怖的化身之影像存在。

这是哈利孙女士（Jane E. Harrison）所著《希腊神话》的第三章，原书在一九二四年出版，为“我们对于希腊罗马的负债”丛书（*Our Debt to Greece and Rome*）的第二十六篇。哈利孙女士生于一八五〇年，是有名的希腊学者，著有《希腊宗教研究序论》等书多种。这本《希腊神话》虽只是一册百五十页的小书，却说的很得要领，因为它不讲故事，只解说诸神的起源及其变迁（大抵根据那本《序说》），是神话学而非神话集的性质，于了解神话上极有用处。本书中三四两章我最喜欢，前年秋天曾将戈耳共一节抄出，登在《语丝》上，可是没有工夫全译，直到现在才能抽空写出。或者有人以为此文无聊亦未可知，这由于各人兴趣之不同，没有办法；又或以为看了不易懂，那倒是有点对的。译文总是难以达雅，何况是我的呢？关于神话的人物事迹不加注释，恐怕也是一个原因，不过我是预定读者有相当的神话常识，读过《传说的时代》（*The Age of Fable*）一类的书，所以不再多加小注，如有人不很了然，可以自去一查小古典字汇，也就大旨明白了。文中引句，有些如赫西阿特及欧利比特斯都查照原文翻译，爱斯屈洛斯集因为没有，只能根据书中英译，参照堪倍耳译本译出，有时觉得不很妥帖，但也没有别的法子。人地名音译多照改正读法，但罗马字写法因为是原书所有，悉仍其旧，如台耳福伊，写作 Delphi，不改作 Delphoi 是也。

（民国十六年十二月十一日，附记于北京）

【锺校】

①“徒”原作“徙”。

【鄢校】

②“特”原作“德”，下同。

在希腊诸岛［译文］

英国劳斯作

在田野的希腊，至今仍有诃美洛思（Homeros）时代的风气馀留着，而尤以游人少到的爱该亚（Aigaia）诸岛为然。这不但是那优美流利的言语，虽然颇有改变，却令人想起六音步诗（Hexameter）的波动，纵或没有他的庄严；便是那人民的生活思想，也起源于不可记忆的古昔。在每座荒山上，有一个友迈阿思（Eumaios）在他的牧舍（Mandra）里，带着几只凶猛的系铃的狗，他们都认生客为敌人：阿迭修斯（Odysseus）航海，坐在一只船里，同我们在希腊陶樽上所见的一样，船头上画着这样的一副大眼睛，也正如古时；沛纳洛贝（Penelopē）[1]在手织机上织布或鲜艳的绒毯；一样的简单的饮食，一样的开放的款待；神女（Nereid）们出现于溪边山上，哈隆（Charōn）来叫死者同行。这也不是怎么久远的事，那瞎眼的诃美洛斯们在乡间踯躅而行，唱古代的英雄诗，来报答人家的欢迎；只是现在他们的题目并非忒罗亚（Troia），却是希腊对土耳其的自由之争罢了。

你的主人到大门口来欢迎你。你走进屋里，外面都是盲墙，但在里面是房屋向院子开着窗户，或者旁边还有一带露廊。在门口，他们给你捧出面盆和手巾来，家里的儿子或女儿倒水在你的手上。你坐在方凳或长椅上，主妇亲自端出一盘的糖食，——一小瓶美味的果酱，你从这里舀出一瓢，依照规矩祝伊的健康，伊也回答。以后便是吃饭，女人们伺候你和你的主人；末后是乳香酒，盛在小瓶子里，和蒲陶无花果或瓜类一同拿上来；一个食客，一半是仆役，一半是朋友，是主人的同族，接连的替你斟这有力的醇酒，他自己也有时可以尝到。他坐在角上，很恭敬的加入谈话；外边一两个更卑的仆役，站着听屋内的情形。你的主人很是好奇，他要知道你是什么人，住在哪里，多少收入，是否有妻，如没有，便问何以没有，总之关于你的一切，而且他自己也一样的肯告诉你。你愿意停留，也是欢迎的，而且照例这决不想到报酬。就是穷人也常愿留你作客。有一次，在离雅典（Athenai）不远的地方，我雇了一个人和骡子，旅行半日，略略争论之后，我们议定价钱三个特拉赫玛（Drachma），大约值十八便士。这个契约，加上一啐的酸酒，便签定了。他问我道："你在哪里吃面包呢?"我说："我想，便在这里。"就是指这咖啡店。"来，同我吃去。"他答说。于是我便同我的骡夫吃了早饭，我们吃的食物是很简单的，但是很丰富，而且殷勤的相劝：盐鱼，面包，干酪，酒，无花果，蒲陶，装在一个木盘里，我们便斜靠的坐在地板上；牧师的食前祷告，说得很长，尽可以用在市长大人的宴会上。我旅行回来的时候，他又坚执的请我吃饭，这回是几大片黑面包和一个很大的生葱头。

在山冈间，滂（Pan）②是还没有死；即使他或者睡着了，总之神女③是醒着的。形状是很美的女人（民间俗语里说，"美如神女"，或云，"丑如运命女神"），穿着白衣，披着长的黑发，他们寻孤独的牧人或旅客和他说话；他如不能拒绝他们，那是祸祟到了。回答是极危险：他们使他变哑，或者使他一个支体偏枯，无论如何总加害于他。一个老人，他是一所古话的栈房，曾经告诉我，一夜里他看着羊，听到神女的声音，好像许多铃声，自此以后他再也听不清楚，因为她们使他变聋了。要使她们无害，你用黑柄的刀在你周围画一个圈子，她们便不能走进这里面来。树林的神女和女泉的神女也不曾去；只要看圣井上的小庙，或是那树和她所受的布片及葱头的贡品④。

在全国里，几乎每个田野，都有荒废的神祠或简单的围场，各有它的守护的圣徒；这令人想起古代希腊田庄里，特地给滂和神女们所留起的角落来。这些地方又多有东罗马的遗迹留存，所以我们不难相信，这里面至少也有若干是以先礼拜滂的地方。他们在地图上并不标出，只在地方传说里有人知道；倘可以将他们所供的圣徒名字造成一个表，应当能够明了他们的起源。他们的大多数是奉圣处女（Panagia）的，我们从这名字里去听出古神的回响，或者不是过于空想，如我们看见兑美推尔（Dēmētēr）怎样的变成圣地米忒利（Dimitri），蔼来初亚（Eileithyia）怎样的变成圣勒夫忒利（Lephteri）[⑤]。

那三个运命女神[⑥]仍旧纺着她们的无情的线；她们在初生婴孩的头上写下他的定命，洗礼的夜间倘不给这姊妹们设备食物，这人家便要交恶运了！恶眼[⑦]也须永远防备，它如落在你的上头，不可疏忽，须三次唾[⑧]在你的胸里，正如他们在谛阿克利多斯（Theokritos）的时代所做一般。你死的时候，这是哈隆（Charōn）凶笑着来带你去的[⑨]。试听他们的这一篇的挽歌[⑩]：

为什么山顶是这样黑？为什么暗云环绕着他？

这是狂风打他么？这是暴雨鞭他么？

也不是狂风打他，也不是暴雨鞭他，

这是大哈罗斯（Charos）走过，带着死人过去。

少年他赶在前面，老人跟在后边，

柔弱的小儿们排在他的鞍前。

这些可怕的力，他们同先前一样设法和解。试进有名的礼拜堂去；那里挂着许多小小的许愿的臂膊，腿，胸脯与脸的模型。在那里，同在亚斯克勒坡斯（Asclepios）的庙里一般，当大祭日的前夜，病人都睡着，希望圣者的福佑[11]。那地方正像一所兵房；在侧堂里是更无落足之处，因为那些被褥线毯，瓦罐铁锅，污秽的小孩和一切家用杂物；在雕刻的僧座上，他们两排的睡着。有许多奇迹降于他们，我们可以相信并不亚于蔼比陶罗斯（Epidauros）的那些神异的疗治。

但是没有运命，没有哈隆，也没有疾病的恐怖，能够使希腊人忧郁。他应着必要而作工，去得他生活的食料。冬天里他倘若不得不到山上去，他将板一般硬的一张羊皮裹了身子，勉强敷衍过去；温和的天气来了，他坐在太阳下晒着，吃果子和干酪，喝他的淡酒，消磨他大半的光阴在搓卷烟草里，烟卷里边却几乎都是纸片。到了晚上，他坐在咖啡店里，享受最近的闲谈，充满着生气活现的谈话，笑声，嘲弄，故事；他不很过度的醉酒，而且也只是偶然，激动起来，至于使用他装在腰包里的短刀和手枪。

本地圣徒的祭日到了，或者是蒲陶收获的时候，应该祝福蒲陶，那时早晨日出，全村的人都聚会在礼拜堂里。门外系着许多驴骡，小贩商人各做生意；门里面立着露顶的男人，女人带着面巾，礼拜堂满了，馀下的挤在院子里；牧师说他的祈祷，一个侍者提着香炉，在人丛里四面挥荡；新果子的供品祝福过了，一筐一筐的面包和蒲陶拿出来，各人都取一点。那虔信的人，直到那时为止，不吃他园里的蒲陶。他们礼拜，他们处理一天的事务；晚间他们往海边去，在那里有音乐和跳舞使他们愉快到天黑，或者直到夜里，倘若适值是有月亮。男人与女人都加入这礼拜里边，他们还未教育的成为不信，而且他们的跳舞的热心也不见得弱于他们的信仰。希腊人将常常跳舞，正如英国人将唱一出滑稽的歌，在他愉快的时候。

这富于阳光的土地和这种快活而且豁达的人民的美，虽在今日[12]也还牵引人的思想向着他们。我们想望再去攀登那崎岖的山路，看着竹鸡拍拍的从我们脚下飞起，或者鹰在岩石间翔舞；晚上卧在无云的天空下，听着那些以生命充满空中的无数的嗡嗡飞着的东西，和不远的岸边的海的呻吟，感着拂拂的晚风离了陆地吹去；而且在这一切未经为现代生活里的丑所触过的事物之中，梦想这世界还要更年青三千年，忒罗亚方才攻下；还一半期望听到滂的吹箫，在那边的山谷里。

傍着低语的川流，傍着动摇的苇丛。[13]

［附记］[14]这篇本是劳斯（W. H. D. Rouse）所译《希腊岛小说集》的序文，因为他说新希腊的人情风土很是简要有趣，可以独立，所以我将它译出来了。劳斯是研究古代希腊文学的，他在英国编订的希腊古典著作颇多。他作这篇文章还在一八九七年，但我们可以相信希腊现在大略也是如此，因为二三十年的时日，在民族文化的变化上是毫无影响的，虽然在都市上可以造成多少今昔的差异。希腊自六世纪以后，叠经斯拉夫民族的混入，十五世纪又受土耳其的并吞，但国民思想却仍然是希腊的，“有诃美洛思时代的风气馀留着”。我们并不以为这样那样是国粹，可以怎么宝贵，不过因为民族的殊异的文化是个人与社会的遗传的结果，是自然而且当然的。我们如要知道一国的艺术作品，便有知道这特异的民众文化的必要。一个人的思想艺术无论怎样的杰出，但是无形中总受着他的民族的总文化的影响，——利益或是限制。这是一个不可否认的事实，所以我们不可看轻他；但若过于推重，如爱尔兰诗人雅支（W. B. Yeats）将他所记的民

俗题名曰《开耳忒的微光》（*The Celtie Twilight*），却也觉得太过了。

希腊是古代诸文明的总汇，又是现代诸文明的来源，无论科学哲学文学美术，推究上去无一不与他有重大的关系。中国的文明差不多是孤立的，也没有这样长远的发展。但民族的古老，历史上历受外族的压迫，宗教的多神崇拜，都很相像，可是两方面的成绩却大有异。就文学而论，中国历来只讲文术而少文艺，只有一部《离骚》，那丰富的想像，热烈的情调，可以同希腊古典著作相比，其馀便鲜可称道。中国的神话，除了《九歌》以外，一向不曾受过艺术化，所以流传在现代民间，也不能发出一朵艺术的小花。我们并不以为这多神思想的传统于艺术是必要的，但是这为原始艺术根源的圣井尚且如此浑浊枯竭了，其他的情绪的干枯也就可以想见，于文艺的发生怎能没有关系呢。中国现在文艺的根芽，来自异域，这原是当然的；但种在这古国里，吸收了特殊的土味与空气，将来开出怎样的花来，实在是很可注意的事。希腊的民俗研究，可以使我们了解希腊古今的文学；若在中国想建设国民文学，表现大多数民众的性情生活，本国的民俗研究也是必要，这虽然是人类学范围内的学问，却于文学有极重要的关系。

（一九二一年八月十六日译者附记）

【原注】

①友迈阿思是阿迭修思漂泊十年后回家时所遇见的牧羊人，沛纳洛贝是阿迭修思的妻，俱见诃美洛斯史诗《阿迭修斯故事》（*Odysseia*）中。

②滂在古代希腊神话里，本是牧神，后来因为他的名字与希腊语“一切”这一个字同音，所以改变作大神了。布鲁达克（Plutarchos）说，耶稣降生的一年，有人在海边听得呼声：“大的滂死了！”于是满山都是哭声。但是基督教代异教而兴，异教的神却并不死，只是改名换姓，仍受人的礼拜。旧日滂的神祠，改作“滂那吉亚”——一切圣——即圣处女的庙，至今还是存在。

③神女在古代希腊总称宁菲（Nymphai），分作海的神女（Nereides）、河的神女（Naiades）、山的神女（Oreiades）、树的神女（Dryades）诸种，只是女性的精灵，没有什么恶意，在现代希腊总称之曰 Neraides，古文宁菲一语只存其原义作新妇解，不复用了。对于神女的那些恐怖，大约也是改为基督教以后所加上的。

④布片是病人所献，求病愈的。依感应魔术的法则，支体有病，将金属或泥蜡模造这支体献在庙里，可以祛魔愈病。但是贴身的衣也可代用，因为衣服也算是全身的一部分，而且染有病气，所以可为病体的代表。

⑤兑美推尔意云地母，古代希腊生命之神。蔼来初亚意云来助者，是帮助妇女生产的女神。勒夫忒利系蔼娄尺洛

思（Eleutheros）之转，与蔼来初亚音相近。

⑥运命女神（Moirai）凡三人：一名纺者，持纺锤，司绩生命之丝；一名拈阄，持册，司注写个人的定命；一名无私，持剪，司截生命之丝。形状衰丑如老女人。现代希腊民间很畏惧她们，尊称之曰好主母们（He Kalokyrades）。小儿生后三日，她们来注定他的命运，写在他额上，所以俗称面上黑子作“运命的字”。那天晚上，开门，设桌椅饮食，或陈列珍宝，欢迎她们的来。倘触犯她们，便要发怒将恶运给与小儿。

⑦恶眼（To KaKo Mati）是一种普遍的迷信，相信能够用了眼光伤害人畜。谛阿克利多斯《牧歌》第六中说及此事，以三唾为禳解，又或说道：“大蒜在你眼里!”或云：“你吃你的头!”或举拳向上，急往下伸，将大拇指及小指张开，均能防御恶眼，使这祸祟归于作法的人。

⑨哈隆在古代希腊神话里是渡死人往冥间的舟夫，但在现代称作哈罗斯，变成勾魂主者，占了古代冥王“不见”（Hades）的地位了。

⑩英国洛生（T. C. Lawson）的《现代希腊民俗与古代希腊宗教》中亦引此歌，但其后尚有七行，今补译于下：

小儿们攀着向他喊，老人们叫着向他请求：
“善的哈罗斯，在什么村里停下，停在凉快的泉边，
在那里让少年们举起石头，让老人们喝点水，
在那里让小儿们去采美丽的花朵。”
“不，我不在什么村里停下，也不停在凉快的泉边，

恐怕母亲们来汲水，要看见她们的小儿，

恐怕夫妇又要会见，不能再分离了。”

⑪这种疗法称作Enkoimesis，意思便是“睡在里边”，平常总是一夜，但也有长住几个月的。据说神经关系的病，用这信仰治疗，也间或有治好的。

⑬此行原系古希腊文，盖系古诗成句。

【锺校】

⑧“唾”原作“睡”。

⑫原无“日”字，今增。

⑭此二字为编者所加。后来译者将本篇收入《希腊的神与英雄》时删去了附记。

平安之接吻

丹麦拉丁系言语学教授尼洛普博士著《接吻与其历史》（Dr. Christopher Nyrop, *The Kiss and its History*, English translation, 1901）第四章译文

Aspasasthe allēlous en philemati hagiōi.

你们要彼此圣洁地亲嘴问安。

——《罗马书》十六章十六节[①]

当作一种深的精神的爱之表示，在原始的基督教会里，接吻也流行起来了。

基督曾说："愿你们平安，我将我的平安给你。"基督教会的教友象征地用了一个接吻互相给予平安。圣保罗屡次说起"神圣的接吻"，在他的《与罗马人书》中他写道："你们要彼此圣洁地亲嘴问安！"他在《与哥林多人前后两书》以及《帖撒罗尼迦前书》中都重复申说："与众兄弟圣洁地亲嘴问安！"

神圣的接吻渐渐地收进到教会的仪式里去，在命名，结婚，忏悔，授圣职，葬敛等重大仪式的时候，

多举行此礼。结婚时的礼节如下：特别供养之末，《神之羊》的颂歌已唱，新郎进至神坛前，从牧师受到平安的接吻。随后他回到新娘身边，在十字架下将这牧师的平安的接吻给她。这种礼节的馀风在英国的有些教堂里还存留着。

就是在弥撒里，神圣的接吻也占着重要的位置。这个仪式，希腊正教是在祝福之前举行，罗马公教则在其后。牧师给忏悔者接吻，因了这个接吻便给予他平安；这乃是真的平安的接吻（Osculum pacis）。我们在古爱尔兰文里还有一个特别的遗迹，那里有“波克”（Pōc）一语，原是从拉丁文“派克思”（Pax，平安）转来，但意云“接吻”而非“平安”。我想这个字义的转变一定大半是因为误解了牧师的话，他在给忏悔者接吻时说，“派革木陀帖比”（Pacem do tibi，我给你平安），人民认接吻是主要的事情，以为“派革木”一字所指的就是这个。在中古西班牙文里也可以遇见同样的奇事，那里“派士”一语也有接吻的意义。一篇古代史诗讲茀耳难陀（Fernando）封西特（Fl Cid）为武士，末了说：

El rey le cino la espada
Faz en la boca le ha dado.
（在他腰间他挂上一口宝[②]剑，

在他嘴上他给他一个平安。）

这所谓平安就是指一个接吻。

古代基督教的“爱之宴”（Agapai）里也有神圣的接吻，这在教会里彼此交换，不问男女，后来异教徒拿去作为毁谤的资料，于是加以限制，这种接吻只能行于男女的同性间了。

平安的接吻通行于法国，直至十三世纪。我们在故事里见到所记圣路易之妻玛格勒忒女皇遇着的一件很不愉快的事情。有一天她在教会里，将要举行平安的接吻了，她见近旁有一个衣服华丽的人，以为是贵家妇人，所以给了她一个接吻。后来知道女皇是弄错了；她给一个娼女接吻，这种女人是常在宫廷旁边彷徨着的。她去告诉国王，结果是发出一种命令，规定这一类女人的服饰，使她们以后不能再去和良家妇女相溷。

十三世纪中叶，有一种接吻用的特别器具输入到英国，即所谓“接吻牌”（Osculatorium）或云“平安板”（Tabella pacis），系一金属制圆盘，上有圣画，在教堂中给会众轮流地接吻。

这接吻牌从英国教会又渐渐地流入各教会去，但似乎都不能长久通行。这在好些方面都引起人家的毁谤。

这个办法足以引起教堂内的纷争，好些有身分的人都拚命争夺，想得到最初接吻的荣誉。在教堂的优先权的竞争，照我们所看见，来源是很久远的了。

其次这似乎又成为情人中间的一种媒介。青年美貌的女郎在牌上接吻的时候，她的身边总有一个美少年在那里不耐烦地等着，想从她的手里唇边夺过牌去。我们读玛罗（Marot）的诗，可以看到这样的两句：

我告诉女郎说她是美丽，

我紧跟着她在平安板上亲了嘴。

因了接吻牌的通行，那些如希腊小说及阿微丢思（Orid）诗中所见的古代风流少年的风俗又复活过来了，——即欢子等他的意中人饮后，从她的嘴唇触着过的杯缘吸酒的风俗。先前在丹麦教会里也用过一种平安板。公教牧师给会众看“书上的一幅画”（自然是一幅什么圣徒的画），叫大家在这上面接吻，因此须出一点小费，叫做“亲嘴钱”或是“书钱”，交给教区的书记。

自从宗教改革将平安板废止以后，书记应得的“书钱”还是留存。但是一五六五年洛思吉耳特地方会议决定，教区书记也被禁止再收这项小费了。

在希腊正教会里，神圣的接吻还在复活节的礼拜日举行；所有信徒在教堂里都彼此亲嘴问安，说道，“基督起来了”，回答是：“真的，他已起来了。”

在罗马公教这只限于某种弥撒，也只有教士们互相接吻，并不普及于会众。最初主教与神父在神坛上接吻，神父跪下，主教给他平安的接吻，说道：“愿你平安，兄弟，并愿上帝的圣洁的教会平安。”神父答说：“并愿你的精神平安。”随后他起立，向神坛下跪，将平安的接吻传给首席教士，在他左颊接吻，说“愿你平安”，于是这便用了许多不同的礼节传给所有供职的教士们。

这神圣的接吻不久就出了教会的门，在有些世俗的宴会上也通用起来了。中古时代曾有这种习惯，仇家的和解以接吻作为印证。古日耳曼诗人提起这样的接吻，称作 Vredekuss（意云平安接吻），而且这种习惯非常通行，所以动词 At Sone 或 udsone 变成“接吻”的意义。弗里斯阑语 sōnen 还是这个意思。

在一个古法国的奇迹剧内圣贝那尔对威廉伯爵与波帖耳主教说，想调解两家的久远的深仇，“要表明你们的友谊是真诚的，你们必须彼此亲嘴”。威廉伯爵于是走近主教，说道：“先生，我请求你饶恕我的冒犯；我实在很对你不起。请给我亲嘴，保证我们的平和，我将忠心地亲你。”

武士们也于出去战争之前互给平安的接吻，彼此饶恕所有的真实的或想像的损害。在法国故事里，当特拉美王大战开始之前，微凡与吉拉耳以及六个有名的武士都交换平安的接吻。

曼左尼（Manzoni）曾利用平安的接吻在《约婚》的一个悲哀场面上，其时基督福罗长老请求一个贵人赦他杀子之仇。贵人在他的府内接见长老。四围周围绕着他的家人，他站在大厅中间，左手扶剑柄，右手掣着外套紧压胸前。他冷静严正镇住怒气，轻蔑地看那长老进来，但长老却显出真诚的悔恨与高贵的谦恭，贵人见了随即抛去了严厉的态度。他亲自拉起跪着的长老，允许他的宥恕，末了“为感情所制，他用两臂抱住了长老的脖颈，交换平安的接吻”。

中世纪以后，当作和解的正式标识之平安的接吻全然不见了。单独的例的确可以从默迭知宫廷里加德林文中找到，但那只能算是一种复古运动，努力想恢复古代不用的习惯。一五六三年法兰西思特吉色被害之后，他的寡妇遇见特可利尼大将，他立誓说并无与谋暗杀之嫌疑，于是他们互相接吻，彼此允许忘却向来的仇恨，以后当平安和好地过活。

这个平安的接吻却不能使古代习俗复活，正如法国革命时拉木勒忒那个可纪念的尝试一样。一七九二年七月七日，立法会议委员的争斗正到极点，那时奥普联军也正向着巴黎进行，拉木勒忒站起来，发表一场热烈的爱国演说，他用了极动人的话劝告委员们捐除意见。他结末说：“让我们忘记了一切的争执，誓约永久的友谊罢！”于是委员们立刻互相拥抱，彼此交换和解的接吻，忘却了所有的过失了。但是这个结合并不持久。第二天，争执又复开始，两年以后拉木勒忒自己也死于断头机之上了。只是这一句话“拉木勒忒的亲嘴”（un baiser de Lamourette）还留存在法国语言里，当作一个表示短期和解的半讽刺的名词。

（十五年八月十五日译了）

【锺校】

①题辞下原有案语：“《新约》译文作‘你们亲嘴问安，彼此务要圣洁’。不很妥当，原意是‘你们要彼此用神圣的接吻问安’。”

②“宝”原作“实”。

访问 [译文]

瑞士查理波都安原作

别一个复合的回忆，也以雪为背景的，是用了我初次的新年访问的经验所造成。那时母亲拉了我的手去看她儿时的朋友，或是拜会近地的几个贵夫人。母亲已将近五十岁了，她的朋友自然也都是差不多相像的年纪。倘若她们做过母亲，她们的子女早已离家，她们的丈夫死了或是……走了，她们自己是老了，而且孤独。我们所访问的夫人们在这两点上都很是相像。我们又去访问两个老的亲戚，她们住在一起，年纪呢，比别的几个总加起来还要老点。她们是属于一个远的——不可思议地远的世界的人，她们住在市镇的尽头，还在税关那边，我们必须走过好些无穷尽的不熟识的街道，才走到她们家的大的双扇门前，即此似乎更足以证明她们的远隔了。她们的名字是提古太太和乏纳叶太太，这两位太太，特别是那两位的名字令我想起什么褪色的（法语云乏纳）干瘪而且老的东西来，这更增加我对于她们的年老与远路的感觉。提古太太总是讲她的湿疹，她指点那些斑痕给我们看，使我大受感动。这东西遍生她的身上，“到处在那里爬”，她说；我想像这病是一件活物，可厌的东西，在她的皮肤上爬着，吸她的鲜血。但是我并不别过头去，见了这个景象反而入迷了。我安静地坐在椅子里，不再乱踢我的脚，只是张着嘴出神，眼珠从那有疤的臂膊滚到她的嘴边，等她说出话来，说明那为人间疾苦的奇异东西。

这些访问并不使我厌倦；这好像是在窥探一个未知的世界，倒还颇有兴趣；这引起我对于伤创的一种研究心，一种好奇心，略有点不健全，或者性质上还带点残酷及他害狂的，虽然这在儿童是很锐敏而活泼。这两个女人年纪虽老，却都很丰富地享受过人生。乏纳叶太太更特别像那一种可爱的老太太，令人想起一个干瘪的黄苹果（借用一句略为平庸却很有意思的成语），她的每条皱纹都似乎戏笑着，乐得几乎要绽裂了。

但是别一方面在有些夫人的面前，虽然并没有那么老而且身体很好，我却觉得厌倦得要死：就是在母亲拉铃之先，我站在半融的雪地等着开门的时候，就已感到这种感觉，这种门前的等候在我几乎觉得是无穷尽的长久，因为这些访问在还未起头之先就已很是烦厌。为什么她不早点开门，那么我们也就可以早点出门呢？

可是这些夫人们，她们的家里我不喜去，却同别人一样或者更多地给我许多糖果吃。她们说各种好话，只令我不舒服，觉得讨厌，凡儿童们觉得大人们故意做出小孩似的痴骇的态度对他们说话的时候，都是这样地感觉。那些糖果我享用了，因为我喜欢吃这个；对于给我糖果的人我却一点都不觉得感激。我赶紧的拿过来，也不管它有点像贪馋，使得那给我糖果时的好话可以少说几句，我又含胡地说一声强迫的"谢谢"，一面吮着空心糖的蜜汁，也不管这有点像——或者真是——无礼。到现在回想起来，我相信我的反感与厌倦是由于我直觉地感到那些贵夫人们的缺点：感情的缺乏，精神的衰老与心灵的干瘪。我觉得她们不曾把握着人生的意义。乏纳叶太太比她们是更可爱得多了，这只是她的脸上露出干瘪的样子。在别人面前，我似乎是呼吸着一种与我本性相反的空气，密闭而气闷。

我求母亲不要再带我去访问。她答应缩短访问的时间，因为她总是践约的，所以我也就让步了。但是即使那缩短的访问也还是觉得很长。有一回我特别记得，在一个急速地暗下来的十二月的傍晚，我们坐在一间小客室里，刻刻增加的阴暗使我心里深刻地感到光阴耗费的苦痛。因为这阴暗占据了我的全心，所以我觉得那天色比实际更为暗黑了；后来觉得天已全黑，我碰母亲的脚或肘，提醒她的预约，使她知道我们应该走了，一面想着那主人一定不会猜出我的意思。但是她猜着了，而且还说了出来，可怜这小孩困了倦了，给他一个糖果教他忍耐一点。我那时真想把这个糖果丢在她的脸上！但是（这是因为贪嘴，还是因为怕难为情不好拒绝呢？）我收受了，不敢看她的脸。我是气她，也气着自己；我是气忿而且羞愧。

这样子，我们一家一家的走。每当我们走进堂屋里的时候，每当临街大门在雪风前大开的时候，我觉得我这小身子从冷里到暖里，从暖里到冷里，受到锐利的快感，至为喜悦。纯白的雪景，钻进鞋来的冰冷的湿气，回到街上紧扯住了母亲的时候的寒颤，末了是那空心糖和科科糖的漂浮的香味：这是我儿时几个冬天的下午的馀留的记忆。

（一九一六年作）

查理波都安（L. Charles-Bandonin）在心理分析学上以《暗示与自己暗示》等书著名，但他又是诗人，作有诗集戏剧评论多种。这一篇是他的《心的发生》（*The Birth of Psyche*）第二章，今据洛士威耳英译本译出。全书凡二十四章，以科学家的手与诗人的心写出儿童时代的回忆，为近代希有之作。他的自序中有这一节话，说及在教育上的用处，中国怀疑文学有何实用的人可以参考，虽然我翻译此篇并非出于什么实用主义的见地，不过因为我觉得喜欢罢了。

> 在心理学家或教育家，他将从这些篇幅里找出一条线索，可以帮助他更多地理解那向来少有人知道的儿童的心灵。倘若这话是真的，艺术家是一个在某方面还保存童心的人，那么他正好给我们做向导去找那新国，——这样地近而又这样地远的，儿童的国土，在那里每一举步都可以有新发见。托尔斯泰，斯比德勒，罗曼罗阑一流人所做的关于儿童生活的观察记录，即是一种显著的尝试，想去测量这永远逃避我们认识的多方面的世界。著者并没有这样自大，想去和那些大家相比，但是他也觉得喜欢，预想这些幼时的回忆或能帮助他的几个同类去更明白地了解在儿童的心灵里存着多少的情感，神秘与苦痛。

二十四章中，我所最喜欢的除此篇外是第十一章《人们多么蠢呀》，及末章《恩爱的痛苦》。第十一章中有这样的一段：

“公鸭母鸭”是我所爱的一种游戏：用几片纸照了母亲所教的样子折成方形及尖角当作嘴及两脚，直立在地上。我最喜欢折叠鸭子：很大的用杂货店的纸袋做，小的用电车票。随后我把它们放在地板上，照着大小接连排着。这种行列按着各房的长短安排，通过两三道[①]门。父亲他是喜欢在房中踱来踱去的，有时不耐烦地给它们一踢。但是，大抵对于这我所自负的[②]鸭群都表示相当的敬意。偶然有些人，或是小孩们，他们能够别样的做，折成纸船。这略略使我不高兴，大约是一点嫉妒；但是想起那些不能叠鸭的人的蠢笨，只觉得可怜，那不高兴也就消灭了。哼，他们好像以为不能叠这个也不打紧的呢！又有那些人想来敷衍我，称赞我的鸭子道，“呀，这许多好看的小鸡儿！”这更使我十分不舒服。我心里想，他们多么蠢呀，不知道这是鸭子，却叫它这样可笑的名字“小鸡儿”！有时候——因了说话的人的身分——我不敢回答，但在别的时候我便没有什么顾忌，气忿忿地说道，“这不是小鸡儿，这是鸭子！”然而，他们都不把这件事情看得怎么重要。

我记得什么人（已忘其名，并且不知道是哪一国，总之似乎不是中国人）论童话，说儿童最不喜欢大人们特地为他们而写的书，因为那些故意地“小孩似的痴骇的”态度与口气儿童们觉得是无诚意，认为侮辱他们。看波都安书中所说都可以证明这话的确实，这实在是讲儿童文学的人以及父师们的一个大教训。

（十四年七月十五日译后记）

【锺校】

①“道”原作“头”。

②原无“的”字，今增。

蔼理斯《感想录》抄 [译文]

（一）进步

一九一三年十一月十三日。

我觉得自己不能同情于现在通行的厌世思想。我疑心那厌世者大抵只是非经济地破产的乐天家。他当初想像，世界的进步将带着他前进，直到光荣的星期学校的目的地。现在他起了很大的疑惑。自此这宇宙在他的眼中便包在黑暗里了。

他的错误在于过分地看重进步的意思，想像以为宇宙的进行，倘若是有，可以真实地现在我们的眼前。他不能理解，那占据人心的进化之永久的动作，长有回旋之永久的动作与之抗衡。在世界上没有进益，任它这样去，但在那里也并没有损失。这生命之无限的新鲜永无退减，这古旧的新奇也是永远的回复。

我们当更能了解世界，如不把它当作向着固定的完成之进步，却只当作喷泉之接续的迸跃，光辉的火焰之柱去看。我们总不能超过赫拉克来多思(Herakleitos)的这个旧譬喻："那永生的火焰，适度的燃着，同样的吹熄。"这半透明的神秘的火焰不死地照在我们眼前，没有两刹那间是同一的，常是神异地不可测计，是一个永久流动的火之川流。

人家告诉我们，世界是向这边，向那边，向别一边移动。不要相信他们。人们永不知道世界进行的方向。谁曾预知——且不说那些更古更渺茫的事情——耶稣的磔刑呢？有哪个希腊或罗马人在他思想最离奇的时候预想到我们的十三世纪的情形呢？哪一个基督教徒预知文艺复兴？谁真曾期待法国革命呢？我们不怕过于胆大，因为我们是永远立在新事件发生的瞬间，这些事件的重大远过于我们一切的梦想。没有人能预知生命的泉之此后的变相。那个火焰之柱其时却总是烧着，与以前烧着时正是一样的长短。

世界是一个永久的新奇，永久的单调。这正是你所喜悦的局面。你将总是不错的。

（二）晦涩与明白

同月二十二日。

我听一个学者微笑着说，希腊人的直截简单的文章与我们喜欢晦涩的现代趣味有点不大相合。

然而晦涩之中也有种种不同。便是，有一种晦涩是深奥之偶然的结果，有一种晦涩是混乱之自然的结果。有一回斯温朋（Swinburne）曾将却普曼（Chapman）的晦涩与勃朗宁（Browning）的相比较。他说这二者的区别，却普曼的晦涩是烟似的，勃朗宁的是电光似的。我们可以确实的加说一句，烟常比电光为美（斯温朋自己曾承认却普曼的“崇高微妙的美之闪烁”），电光在我们看去未必比烟更为明了。倘若我们敢轻易地概括一句，那么可以说却普曼与勃朗宁的晦涩之不同，在于一个时常多是美的，一个时常多是丑的。如再仔细的看，似乎却普曼的丰富的感情容易过度的急速的燃烧起来，所以它的烟未尽化为火焰；勃朗宁则极端整饬而常例的思想上面压着感情的重载，想借了先天的吃语——这个吃巴确实是他的声名之遗产之一，——表现出来，于是得到深奥的形似。但是本质上这二人的晦涩都似乎无可佩服。他们都太多炫学，太少雅韵。这是天才之职，去表现那未表现过的，以至表现那人所以为不能表现的。若从天才之职来说，那么表现失败的人便一无足取。因为我们都能这样做。无论我们私自发表，或写在公刊的万千页上，都不必问。

但是在别一方面，绝顶的明白也未必一定可以佩服。照吕南（Renan）的名言说来，看的真切须是看的朦胧。艺术如是表现，单是明白不成什么东西。艺术家之极端的明白未必由于能照及他的心的深渊之伟力，但是单由于并无深渊可照的缘故。这至好也是那虚无之中心，须得包围起来才能造出美或深来。明白之极度当与美之极度一致。我们初次与至上的艺术品相接时的印象是晦冥。但这是与西班牙教堂相似的一种晦冥，我们看着的时候逐渐光明，直至那坚固的构造都显现了。它的深之面幕最初在艺术品的形的上面成为透明，其次是它的美之面幕落了，最后只有它的明白。这出现在我们面前，正如东方的舞女，她跳舞着慢慢地解她那在四周飘扬的闪烁的锦幕，直到跳舞的最上的一刹那，她不再带着面幕了。但是没有面幕也就没有跳舞。

要明白，要明白，但不要太明白。

（三）女子的羞耻

一九一八年二月九日。

在我的一本著书里我曾记载一件事，据说意大利有一个女人，当房屋失火的时候，情愿死在火里，不肯裸体跑出来，丢了她的羞耻。在我力量所及之内，我常设法想埋炸弹于这女人所住的世界下面，使他们一起地毁掉。今天我从报上见到记事，有一只运兵船在地中海中了鱼雷，虽然离岸不远却立将沉没了。一个看护妇还在甲板上。她动手脱去衣服，对旁边的人们说道：“大哥们不要见怪，我须得去救小子们的命。”她在水内游来游去，救起了好些的人，这个女人是属于我的世界的。我有时遇到同样的女性的，优美而大胆的女人，她们做过同样勇敢的事，或者更为勇敢，因为更复杂地困难，我常觉得我的心在她们前面像一只香炉似的摆着，发出爱与崇拜之永久的香烟。

我梦想一个世界，在那里女人的精神是比火更强的烈焰，在那里羞耻化为勇气而仍还是羞耻，在那里女人仍异于男子与我所欲毁灭的世界并无不同，在那里女人具有自己显示之美，如古代传说所讲的那样动人，但在那里富于为人类服务而自己牺牲的热情，远超出于旧世界之上。自从我有所梦以来，我便在梦想这个世界。

（四）《雅歌》与《传道书》

同年五月十一日。

《旧约》又流行起来了，正如以前在长老派教徒间流行过一样，而且很感动了现在跋扈的旧派，就是那厄耳斯德地方的也未尝不是如此。这是一部绝好的总集；无论借了什么口实，使它流行起来，都是可喜的。但我们不要忘记了其中的最明智的，最人情的，最永久地现代的那一卷书。我在最早的著书里，曾对于这《传道书》表示尊重，——现在也仍尊重，——至今回忆起来还是很愉快的。

在《旧约》中，人们应当永远尊敬，殷勤诵读的本来并不只是这一卷书。那里还有《雅歌》。这也使我愉快地记起，在十八岁的时候曾经从吕南的戏剧体法文本把他译成英文，以自娱悦。这是咏男女之美的一篇好诗。近来我听人说，这虽艳丽而有些地方较浓厚。我却想这样说，这是所有对于肉体崇拜的咏叹之杰作。

但在《传道书》中含有更深的智慧。这真是愁思之书；并非厌世的，乃是厌世与乐天之一种微妙的均衡，正是我们所应兼备的态度，在我们要去适宜地把握住人生全体的时候。古希伯来人的先世的凶悍已经消灭，部落的一神教的狂热正已圆熟而成为宽广的慈悲，他的对于经济的热心那时尚未发生。在缺少这些希伯来特有的兴味的时代，这世界在哲人看来似乎有点空了，是“虚空”之住所了。然而这里还留着一种伟大的希伯来特性，一切特性中之最可宝贵者，便是温暖的博爱的世界主义。在他这一篇慵怠而简短的谈话之中，他的两手滴下黄金色的蜜；他的低沉的声音，并不宏大，总是温和而且清晰，说出甜美明智而静定的话，这在人类生存，还知道文字的意义的期间，总是真实不虚的。

《旧约》全部中间没有比《传道书》更好的书，倘若我可以改编圣书，我很想把它也插到《新约》里去，而且还插三遍，在《福音书》之后，在《书简》之后，又在《启示录》之后，当作永久地循环出现的叠句。

（五）宗教

一九二〇年五月十四日。

“为什么现在还有宗教呢?”这个问题就是像默耳兹博士那样一个思想家还提出来，看作有极大关系的问题，他所能得到的只是一个乖僻的答案。

许多本来很是明白的人还把这个问题认真讨论，因此终于搁浅在各样隐伏的沙礁上面。他们不问，为什么现在还能行走？他们不问，为什么现在还要饥饿？然而这正是同类性质的问题。

有些人为了不必要的问题而自寻烦恼，就是关于最简单的事也造出奥妙奇怪的话来，看了常很觉得诧异。宗教若是什么东西，一定是一种自然的机能，像走路或吃食，更适合的可以说像那恋爱。因为宗教之最近的类似，最真的系属，确是生殖的机能与两性的感情。走路与吃食的机能在它的律动的循环上于生活稍为必要，故如机能缺乏，当设法去戟刺它活动起来。但宗教的机能，与恋爱的机能相似，于生活并非必要，而且也不一定能够戟刺起来使它活动。有这必要么？这些机能或者在你身中作用，或者不在。倘若没有，那么这显然是你的组织里现在还用它不着，或者你天生没有经验这些感情的资质。倘若是有的，有些人会告诉你，说你是代表人类的优级。所以不论无也罢，有也罢，何必恼烦呢？

我自己并不以为缺乏宗教的机能——虽然宗教的情感是那样古旧——是表示人类高级的发达。但我确信这种机能是或有或无，没有理智上的思索可以代它或是使它发现。宗教同恋爱一样，可以发展调和我们的最珍贵最奔放的情感。它提高我们出于平凡固定的日常生活之上，使我们超越世界。但是这也同恋爱一样，在不能有这个经验的人看来不免有点可笑。既然他们可以没有这个经验而好好的生活，那么让他们满足罢，正如我们也自满足了。

（六）自己中心

一九二二年十月十日。

一个朋友很愉快的告诉我，说到牙医那里去的时候，医生对他说："前天我在路上看见你，你的气色很好，'我的牙齿！'我就心里想。"我的朋友则将他的康健归到别个原因上去。但是我们显然都从自己中心的观点去看宇宙，看重我们自己所演的脚色。倘若我的朋友再走上去，他将遇见屠夫在心里笑道，"我的牛肉！"再走几步，他的出版者（因为我的朋友是文士）将沉吟说道，"我的支票！"远远地他的情人会瞥见他，将羞怯的低语道，"我的接吻！"

或者，毕竟各人都是对的。

蔼理斯（Havelock Ellis）生于一八五九年。《感想录》（*Impressions and Comments*）共三卷，集录一九一三年以来十年间的感想。今从三卷中各选译两则，尚有第一卷中论猥亵的一则曾收在《自己的园地》中，不再录入。

（一九二五年一月三十日）

《谈龙集》《谈虎集》序

近几年来所写的小文字，已经辑集的有《自己的园地》等三册一百二十篇，又《艺术与生活》里二十篇，但此外散乱着的还有好些，今年暑假中发心来整理他一下，预备再编一本小册子出来。等到收集好了之后一看，虽然都是些零星小品，篇数总有一百五六十，觉得不能收在一册里头了，只得决心叫他们“分家”，将其中略略关涉文艺的四十四篇挑出，另编一集，叫作《谈龙集》，其馀的一百十几篇留下，还是称作《谈虎集》。

书名为什么叫做谈虎与谈龙，这有什么意思呢？这个理由是很简单的。我们（严格地说应云我）喜谈文艺，实际上也只是乱谈一阵，有时候对于文艺本身还不曾明了，正如我们著《龙经》，画水墨龙，若问龙是怎样的一种东西大家都没有看见过。据说从前有一位叶公，很喜欢龙，弄得一屋子里尽是雕龙画龙，等得真龙下降，他反吓得面如土色，至今留下做人家的话柄。我恐怕自己也就是这样地可笑。但是这一点我是明白的，我所谈的压根儿就是假龙，不过姑妄谈之，并不想请他来下雨，或是得一块的龙涎香。有人想知道真龙的请去找豢龙氏去，我这里是找不到什么东西的。我就只会讲空话，现在又讲到虚无飘渺的龙，那么其空话之空自然更可想而知了。

《谈虎集》里所收的是关于一切人事的评论。我本不是什么御史或监察委员，既无官守，亦无言责，何必来此多嘴，自取烦恼？我只是喜欢讲话，与喜欢乱谈文艺相同，对于许多不相干的事情，随便批评或注释几句，结果便是这一大堆的稿子。古人云，谈虎色变，遇见过老虎的人听到谈虎固然害怕，就是没有遇见过的谈到老虎也难免心惊，因为老虎实在是可怕的东西，原是不可轻易谈得的。我这些小文，大抵有点得罪人得罪社会，觉得好像是踏了老虎尾巴，私心不免惴惴，大有色变之虑，这是我所以集名谈虎之由来，此外别无深意。这一类的文字总数大约在二百篇以上，但是有一部分经我删去了，小半是过了时的，大半是涉及个人的议论；我也曾想拿来另编一集，可以表表在“文坛”上的一点战功，但随即打消了这个念头，因为我的绅士气（我原是一个中庸主义者）到底还是颇深，觉得这样做未免太自轻贱，所以决意模仿孔仲尼笔削的故事，而曾经广告过的《真谈虎集》于是也成为有目无书了。

《谈龙》《谈虎》两集的封面画都是借用古日本画家光琳（Korin）的，在《光琳百图》中恰好有两张条幅，画着一龙一虎，便拿来应用，省得托人另画。——《真谈虎集》的图案本来早已想好，就借用后《甲寅》的那个木铎里黄毛大虫。现在计划虽已中止，这个巧妙的移用法总觉得很想的不错，废弃了也未免稍可惜，只好在这里附记一下。

民国十六年十一月八日，周作人，于北京苦雨斋。

《花束》序

法国迭崇（Dijon）大学教授拉姆贝尔（Ch. Lambert）用世界语所写的《花束》（*Bukedo*），是一本很有意思的书，现在经友人王鲁彦君译为中文，就要出版了。这书里一总有三篇论文，都与文艺学术很有关系。第一篇是讲古希腊人在天医庙求治病的事情。亚斯克勒比阿思（Asklepios）本是亚坡隆（Apollon）的儿子，他的父亲有“派恩”（Paion）的别名，与牡丹有关，知道用粉丹皮止血，给战神医过金疮的，所以他确是世医，有起死回生的本领，一方面却招了冥王之怨，经他的祖父宙斯大神一个掌心雷把他打死了。但是他终于成了医神，受后人的香火，在蔼比道洛思地方的庙最为著名，几乎成为古代人民的医院，每年有许多人去睡在庙里，等候尊神到梦中来开方子或行手术，给他们医治这些疑难杂症。这个名称叫作“睡庙”（Enkoimesis），直译起来是“睡在里边”，是一种很古的信仰疗法，据德国玛格奴思（Hugo Magnus）博士教授在《医学上的迷信》里说，希腊喜剧家亚列思多法纳斯（Aristophanes）的《财神》（*Ploutos*）里，便已讽刺过这种习俗，这已是二千四百年前的事了。拉姆贝尔根据了考古学的材料，把它记录出来，成为一篇实益与趣味混和的文字。基督教得势之后，睡庙的办法变为睡礼拜堂了，希腊德诺思岛的圣母最有效验，《希腊现代民俗与古宗教》的作者洛孙（J. O. Lawson）亲见堂中睡满了病人，一九一七年希腊王君士但丁病时，大主教还曾把圣像迎到宫里去过哩。这类迷信在欧洲也有，中国书上所说的到于忠肃祠求梦，以及江浙老妪的“宿山”等，也是同一类，不过不限定是治病罢了。

第二三篇论文都与文艺相关，其一是讲印度名剧《沙恭达罗》（*Sakuntala*），其二是论法国童话《林中睡美人》的。关于《沙恭达罗》，我们且引用曼殊和尚在《文学因缘》序上的话当作说明：

> 沙恭达罗者印度先圣毗舍密多罗（Viswamitra）女，庄艳绝伦，后此诗圣迦梨陀娑（Kalidasa）作剧曲，纪无能胜王（Dusyanta）与沙恭达罗慕恋事，百灵光怪。千七百八十九年 William Jones 始译以英文，传至德，Goethe 见之惊叹，难为譬

说，遂为之颂，则《沙恭达罗[①]》一章是也。Eastwick 译为英文，衲重移译，感慨系之。印度为哲学文物源渊，俯视希腊，诚后进耳，其《摩诃婆罗多》(*Mahabrata*)《罗摩衍那》(*Ramayana*)二章，衲谓中土名著虽《孔雀东南飞》《北征》《南山》诸什，亦逊彼闳美，而今极目五天，荒丘残照，忆昔舟经锡兰，凭吊断塔颓垣，凄然泪下，有“恒河落日千山碧，王舍号风万木烟”句，不亦重可哀耶。

著者把这个《沙恭达罗》介绍给我们，又论及印度的戏曲，这于我们素不留心亚洲文艺的人是很有益，也是很有意味的。《睡美人》的故事本是满天飞的，但是第一个把她捉住，将她的花容描在纸上的乃是十七世纪法国的贝洛耳（Ch. Perrault）先生。他那一本小书《过去时光的故事》出世之后，学艺界上发生了些重要的变化，一种是安徒生（Andersen）派的文学童话之创作，一种是格列姆（Grimm）派的民间故事之搜集，以及这些故事之学术的整理与解释。即如那《睡美人》，既可作老老少少娱乐的读物，又可以从仙女，法术，长眠，英雄各节作民俗学的考究，得到极有兴趣的新发见，实在是从前的人所没有见到的。但是，这种考究也比较地还是很新的学问，安特路阑（Andrew Lang）发刊他的《神话仪式与宗教》至今才四十年，有些人似乎还不大相信他的话。《花束》的著者仿佛也还是气象学派的门徒，容易“到处看出太阳”或是露水，这在我外行的个人看来觉得是不大很对的。正当的解说恐怕要推阑氏，在他所校订的《贝洛尔故事集》的序论里。

中国近来渐渐有人来从世界语译书了，但向来所译的都是小说或诗歌，翻译论文这还算是第一次罢?使人家知道世界语所写的除小说诗歌以外还有很有兴味的论文，使人家更进一步去读这些论文，这于世界语运动很有关系，是极好的事。鲁彦的书初译成，我就说给他写一篇小引，但是一直拖延至今，原稿又已不在手头，所说的话有些或与原书有点参差亦未可知，地名人名的音译更不免分歧，这都要请鲁彦原谅的，至于序文之做得不行，那[②]是更不用说了。

民国十六年十二月五日，北京，周作人。

【锺校】

①“罗”原作“纶”。

②“那”原作“都”。

《桃园》跋

议论人家的事情很不容易，但假如这是较为熟识的人，那么这事更不容易，有如议论自己的事情一样，不知怎么说才得要领。《桃园》的著者可以算是我的老友之一，虽然我们相识的年数并不太[①]多，只是谈论的时候却也不少，所以思想上总有若干相互的了解。然而要问废名君的意见到底是如何，我就觉得不能够简单地说出。从意见的异同上说，废名君似很赞同我所引的说蔼理斯是叛徒与隐逸合一的话，他现在隐居于西郊农家，但谈到有些问题他的思想似乎比我更为激烈；废名君很佩服狭斯比亚，我则对于这个大戏曲家纯是外行，正如对于戏曲一样[②]。废名君是诗人，虽然是做着小说；我的头脑是散文的，唯物的。我所能说的大略就是这一点。

但是我颇喜欢废名君的小说，这在《竹林的故事》的序上已经说过。我所喜欢的第一是这里面的文章。《笑府》载乡人喝松萝泉水茶称赞茶热得好，我这句话或者似乎有同样的可笑。“然而不然”。文艺之美，据我想形式与内容要各占一半。近来创作不大讲究文章，也是新文学的一个缺陷。的确，文坛上也有做得流畅或华丽的文章的小说家，但废名看那样简炼的却很不多见。在《桃园》中随便举一个例，如三十六页上云：

> 铁里渣在学园公寓门口买花生吃！
>
> 程厚坤回家。
>
> 达材想了一想，去送厚坤？——已经走到了门口。
>
> 达材如入五里雾中，手足无所措，——当然只有望着厚坤喊。……

这是很特别的，简洁而有力的写法，虽然有时候会被人说是晦涩。这种文体于小说描写是否唯一适宜我也不能说，但在我的喜含蓄的古典趣味（又是趣味！）上觉得这是一种很有意味的文章。其次，废名君的小说里的人物也是颇可爱的。这里边常出现的是老人，少女与小孩。这些人与其说是本然的，无宁说是当然的人物；这不是著者所见闻的实人世的，而是所梦想的幻景的写象，特别是长篇《无题》中的小儿女，似乎尤其是著者所心爱，那样慈爱地写出来，仍然充满人情，却几乎有点神光了。年青的时候读日本铃木三重吉的《千代纸》中几篇小说，我看见所写的幻想的少女，也曾感到仿佛的爱好。在《桃园》里有些小说较为特殊，与著者平常的作品有点不同，但是，就是在这里，例如张先生与秦达材，他们即使不讨人家的喜欢，也总不招人家的反感，无论言行怎么滑稽，他们的身边总围绕着悲哀的空气。废名君小说中的人物，不论老的少的，村的俏的，都在这一种空气中行动，好像是在黄昏天气，在这时候朦胧暮色之中一切生物无生物都消失在里面，都觉得互相亲近，互相和解。在这一点上废名君的隐逸性似乎是很占了势力。

说了好些话终于是不得要领。这也没法，也不要紧，我在上边已经说过，这是不会得要领的。而且我本来不是来批评《桃园》和废名君，不过因为曾经对废名君说给他在《桃园》后面写一篇小文，现在写这一篇送给他以了旧欠罢了。

十七年十月三十一日，于北平市，岂明。

【锺校】

①“太”原作“大”。

②“样”原作“切”。

《杂拌儿》跋

北京风俗于过年时候多吃杂拌儿，平伯取以名其文集。杂拌儿系一种什锦干果，故乡亦有之，称曰梅什儿，唯繁简稍不同，梅什儿虽以梅名，实际却以糖煮染红的茭白片和紫苏为主，半梅之类乃如晨星之寥落，不似杂拌儿之自瓜子以至什么果膏各种都有也。平伯借它来做文集的名字，大约是取它杂的意思，集内三十二篇文章，确有五分之一的样子是有考据性质的，但是，正如瓜子以至果膏究竟还是同样的茶食，这些文章也与别的抒情小品一样是文学的作品。平伯所写的文章自具有一种独特的风致。——喔，在这个年头儿大家都在检举反革命之际，说起风致以及趣味之类恐怕很有点违碍，因为这都与“有闲”相近。可是，这也没有什么法儿，我要说诚实话，便不得不这么说。我觉得还应该加添一句：这风致是属于中国文学的，是那样地旧而又这样地新。我以前在重刊本

《梦忆》序上曾经说过：

> 现代的散文在新文学中受外国的影响最少，这与其说是文学革命的还不如说是文艺复兴的产物，虽然在文学发达的程途上复兴与革命是同一样的进展。在理学与古文没有全盛的时候，抒情的散文也已得到相当的长发，不过在学士大夫眼中自然也不很看得起。我们读明清有些名士的文章，觉得与现代文的情趣几乎一致，思想上固然难免有若干距离，但如明人所表示的对于礼法的反抗则又很有现代的气息了。

唐宋文人也作过些性灵流露的散文，只是大都自认为文章游戏，到了要做“正经”文章时便又照着规矩去做古文；明清时代也是如此，但是明代的文艺美术比较地稍有活气，文学上颇有革新的气象，公安派的人能够无视古文的正统，以抒情的态度作一切的文章，虽然后代批评家贬斥它为浅率空疏，实际却是真实的个性的表现，其价值在竟陵派之上。以前的文人对于著作的态度，可以说是二元的，而他们则是一元的，在这一点上与现代写文章的人正是一致。现在的人无论写什么都用白话文，也就是统一的一例，与庚子前后的新党在《爱国白话报》上用白话，自己的名山事业非用古文不可的绝不相同了。以前的人以为文是

"以载道"的东西，但此外另有一种文章却是可以写了来消遣的；现在则又把它统一了，去写或读可以说本于消遣，但同时也就是传了道了，或是闻了道。除了还是想要去以载道的老少同志以外，我想现在的人的文学意见大抵是这样，这也可以说是与明代的新文学家的意思相差不远的。

在这个情形之下，现代的文学——现在只就散文说——与明代的有些相像，正是不足怪的，虽然并没有去模仿，或者也还很少有人去读明文，又因时代的关系在文字上很有欧化的地方，思想上也自然要比四百年前有了明显的改变。现代的散文好像是一条湮没在沙土下的河水，多少年后又在下流被掘了出来；这是一条古河，却又是新的。我读平伯的文章，常想起这些话来，现在便拿来写在后边，算作一篇题记。久病初起，胡涂的头脑更加胡涂，有些话说的不得要领，愿平伯勿笑也。

民国十七年五月十六日，周作人，于北京。

《燕知草》跋

小时候读书不知有序，每部书总从目录后面第一页看起。后来年纪稍长，读外国书知道索引之必要与导言之有益，对于中国的序跋也感到兴趣。桐城派的文章固然无聊，只要他说得出道理来，那也就值得看，譬如吴挚甫的《天演论》序与林琴南的“哈氏丛书”诸序，虽然有好些谬语，却是颇有意思。因为我喜欢读序，所以也就有点喜欢写序；不过，序实在不好做，于是改而写跋。

做序是批评的工作，他须得切要地抓住了这书和人的特点，在不过分的夸扬里明显地表现出来，这才算是成功，跋则只是整个读过之后随感地写出一点印象，所以较为容易了。但是话虽如此，我却恐怕连这个也弄不好。平伯的这些文章，我都是一篇篇地读过的，大部分还是原稿，只有三两篇是从印本上看来，可是现在回想整个的印象，实在有点儿迷糊了。我觉得里边的文字都是写杭州的，这个证以佩弦的序言可以知道是不错。可惜我与杭州没有很深的情分，十四五岁曾经住过两个年头，虽然因了幼稚的心的感动，提起塔儿头与清波门都还感到一种亲近，本来很是嫌憎的杭州话也并不觉得怎么讨厌，但那时环境总是太暗淡了，后来想起时常是从花牌楼到杭州府的一条路，发见自己在这中间，一个身服父亲的重丧的小孩隔日去探望在监的祖父。我每想到杭州，常不免感到些忧郁。但是，我总还是颇有乡曲之见的人，对于浙江的事物很有点好奇心，特别是杭州——我所不愿多想的杭州的我所不知道的事情，却很愿意听，有如听人家说失却的情人的行踪与近状，能够得到一种寂寞的悦乐。《燕知草》对于我理应有此一种给予，然而平伯所写的杭州还是平伯多而杭州少，所以就是由我看来也仍充满着温暖的色彩与空气。

我平常称平伯为近来的一派新散文的代表，是最有文学意味的一种，这类文章在《燕知草》中特别地多。我也看见有些纯粹口语体的文章，在受过新式中学教育的学生手里写得很是细腻流丽，觉得有造成新文体的可能，使小说戏剧有一种新发展，但是在论文——不，或者不如说小品文，不专说理叙事而以抒情分子为主的，有人称他为“絮语”过的那种散文上，我想必须有涩味与简单味，这才耐读，所以他的文词还得变化一点。以口语为基本，再加上欧化语，古文，方言等分子，杂糅[①]调和，适宜地或吝啬地安排起来，有知识与趣味的两重的统制，才可以造出有雅致的俗语文来。我说雅，这只是说自然，大方的风度，并不要禁忌什么字句，或者装出乡绅的架子。平伯的文章便多有这些雅致，这又就是他近于明朝人的地方。不过我们要知道，明朝的名士的文艺诚然是多有隐遁的色彩，但根本却是反抗的，有些人终于做了忠臣，如王谑庵到覆马士英的时候便有“会稽乃报仇雪耻之乡，非藏垢纳污之地”的话，大多数的真正文人的反礼教的态度也很显然，这个统系我相信到了李笠翁、袁子才还没有全绝，虽然他们已都变成了清客了。中国新散文的源流我看是公安派与英国的小品文两者所合成，而现在中国情形又似乎正是明季的样子，手拿不动竹竿的文人只好避难到艺术世界里去，这原是无足怪的。我常想，文学即是不革命，能革命就不必需要文学及其他种种艺术或宗教，因为他已有了他的世界了；接着吻的嘴不再要唱歌，这理由正是一致。但是，假如征服了政治的世界，而在别的方面还有不满，那么当然还有要到艺术世界里去的时候，拿破仑在军营中带着《维特的烦恼》可以算作一例。

文学所以虽是不革命，却很有他的存在的权利与必要。——从《燕知草》说到明朝，又从明朝说到革命，这个野马跑得太远了，实在我只想说明，文学是不革命，然而原来是反抗的：这在明朝小品文是如此，在现代的新散文亦是如此。平伯这部小集是现今散文一派的代表，可以与张宗子的《文粃》（刻本改名《瑯嬛文集》）相比，各占一个时代的地位，所不同者只是平伯年纪尚青，《燕知草》的分量也较少耳。

中华民国十七年十一月二十二日，于北平市。

【锺校】

①“糅”原作“揉”。

《聊斋鼓词六种》序

回想小时候所读的书总有好些不能忘记的印象，其一就是蒲留仙的《聊斋志异》。最初读小说自然都是白话的，但到了《三国志演义》作一结束，一面便转到文言的小说里去，《聊斋志异》在次序上与价值上都是第一部，所以至今想起来还是很有兴趣。他是继承六朝的志怪与唐朝的传奇文而集大成的，不过在传奇文方面他是的确成功了，志怪的短篇了无特色，不及《阅微草堂》远甚，在《聊斋》中只[①]可以说是失败之作。传奇文中我觉得《婴宁》一类的东西做得最好，《促织》与《罗刹海市》等倒还在其次。他写狐鬼和人一个样子，除了说明她们本相的地方以外，几乎没有什么妖气，我想在青年读者羡慕之馀，以为狐鬼亦佳者当复不少，所以他这实在是狐鬼的人化，俗传此书本名"狐鬼传"，专以讽刺人间者，未免是齐东野人之语了。我又记得题词中有这两句："姑妄言之姑听之，豆棚瓜架雨如丝。”我很喜欢这种态度，这是一种文学的心情，不汲汲于功利，但也不是对于人事完全冷淡，只是适中地冷静处之罢了。

今年秋天淄川马君以钞本见示，我才知道蒲留仙还著有这些鼓词。现在所见者只有六篇，据说还有几种一时找不到，所以没有收入，但即此六篇也尽够表明蒲君的这方面的好成绩了。说起鼓词，我们第一要想到《万古愁》和《木皮鼓词》这两种名文。《万古愁》无论是归玄恭或熊檗庵所作，——我看归君《诛邪鬼》那种口气，觉得曲中有些话不是他所能说，虽然我也并不能断定作者即为熊君，——《木皮鼓词》则有云亭山人等人题记知为贾凫西的文章，总之都是“改革时人”，就是明朝的遗老，故“以神工鬼斧之笔，摅苦恨牢骚之意”，二百馀年后犹令读者感动不能自已，此固由革命时代的意气与宋明遗民易于共鸣，但文字的美妙盖亦有很大的力量。聊斋的作品上虽因时世关系缺少那些遗老气，但是文词圆润，诙谐轻妙，依然是木皮正统，其中《东郭外传》一篇与《太史挚适齐全章》正堪媲美，而丰富流畅似尤过之。醉溪道人读《木皮词》：“不禁撮舌惊叹曰，鲁何奇士之多也！”我们正有同感。大约明末曾流行这种文字，因系一种新兴的文学，照例有些弹力与生气，可以用了活泼自由的言词，表现滑稽清新的趣味，激昂诚实的感情，所以用作那些悲愤文章正是恰好。聊斋那时不能再做遗老了，他就以那种豆棚瓜架的态度来应付，做出别一类的东西来，比从前要更近于文艺的，虽然较少了一点儿社会的意义。郑板桥、徐洄溪等的道情我想也就是这个流派的馀风，不过已有成了强弩[2]之末的形势，到了复古运兴，一面朴学固然奏了大功，一面文学却受了巨创，清真雅正的文诗再走半步即是腐化，文艺界成为反动的，而此公安派潮流中的一小波澜也就在那时完全被复古的洪水所冲没了。现在马君找到这鼓词，设法发表出来，可以供给文学史的资料，又即可以作文学作品读，原是极好的事，而且这又正是我们所熟识的《聊斋志异》作者的作品，更使我们感到兴趣。此外还有一种得陇望蜀的要求，便是希望马君将来能够访求到所散失的那三篇著作，或是别位有这类东西编订刊行，以供大家的欣赏。

民国十七年十一月二十一日，于北平市。

【锺校】

①“只”原作“还”。

②“弩”原作“努”。

《大黑狼的故事》序

这还是民国十四年的秋天，谷万川君初次和我谈起大黑狼的故事，我记得还有一篇消息登在第五十二期的《语丝》上。在那时候，大约万川是“少不更事”，我却有点老朽了，所以在“这个年头儿”还是很高兴地谈那些不革命的大黑狼，他记录出来寄给我看的这一类民间故事现在已经忘记有若干篇，总之在我书桌的抽屉内是有了一大叠。有一回，总是奉鲁军祝贺攻下南口的时分罢，万川从望都寄来二十个新鲜鸡蛋，虽然放在木屑里包装得很好，到得从邮局取来的时候，几乎都磕破了，剩下一两个完全的也已经变坏了。这件事我至今还很清楚地记得，可是这其间隔了两年的光阴，有许多许多的事情都已变了样子了。

不久万川到南方去革命，好久没有信息，不知道他革出什么来了没有。后来得知他回到上海，看他几次的来信，似乎他对于革命已没有多大兴致，可是对于他那老朋友大黑狼也未必还有趣味去奉访它了。这原是很不错的。文学本来是不革命，便是民间文学也是如此，我们如要替他辩护，文学至少也总不就是革命。革命假如是雅片，文学好比是“亚支奶”罢？正如有钱有势的人大胆地抽大烟一样，有血气的青年对于现代感到不满，也就挺身而起，冒危险，拚性命，去实行革命，决不坐在家里叹息诅咒，聊以出他胸头的一口闷气。只有那些骨瘦如柴，手无缚鸡之力的乏汉，瘫痪似地坐在书桌前面，把他满腔的鸟[1]气吐在格子纸上，免得日后成鼓胀病，有如上瘾的穷朋友只能每顿吞点亚支奶，这虽是不像样，却也是没有法的。有人说得好，凡是匿名揭帖，或登广告，发传单，说某人怎样欺侮他的，大抵是吃了亏，没有力量反抗或报复，虽不甘心却终于只好忍受的人，他的这种揭帖等便是表明他的无能为的态度，表明他是将忍受了，只要让他嚷这一回。要咬的狗是不则声的，叫着的却是自己在害怕。在现代乱世青年只有两条出路，强的冲上前去，做个人类进化的“见证”(Martyr)，弱的退下来，叹息诅咒，以终天年，兼以传种，——此外，自然还有做官发财之一法，不过这一路的人已经很多，不必再来引导，省得将来更要僧多粥薄。现在虽然听说有很巧的方法，即是以文学代革命，犹如从前随营的朱墨文案也可以算作“军功”得保举，但我觉得总未免太取巧一点儿，似乎不大好。英国的摆伦（Byron），匈加利的裴[2]德飞（Petôfi），那确实不愧为革命诗人，很有砭顽起懦的力量，可是摆伦终于卒于密所隆吉军次，裴德飞死在绥该思伐耳的战场上，他们毕究还是革命英雄，他们的文学乃只是战壕内的即兴，和文士们的摇瘦拳头是不很相同的。

不知怎的话又说远了，现在再来谈万川的事罢。他去革了一阵子的命，现在不再干这个玩意儿了，因为革命已经成了功，而同时他对于文学似乎又变了冷淡了。我说这是不错的，因为吃得起大土的人那里要什么亚支奶，然而等到这烟灯烟枪都收了摊[3]，而还不肯屈尊来吞服一点代替品，那么这是有点危险性的，正如瘾发时之要涕泪横流的。本来能革命的自然最好还是革命，无如现今革命已经截止，而且我又是不革命的人，不能自己浸在温泉里却用传声筒发命令，叫大众快步走，冲锋！所以对于万川还只好照着自己的例劝他回转来弄那不革命的文学。我这样说，列位切莫误会以为我自己自认是在弄文学，这个我早已不敢弄了，我现在只是不革命罢了，——我至今还想整理中国猥亵的歌谣，这个我恐怕简直还有点反革命的嫌疑？恰好，万川虽已没有打听大黑狼的新消息的热心，但似乎终于未能忘情，从我这里把它要回去，预备刊印成书，我便趁了这个机会写几句话给他，告诉我的意思。我并不劝他回到记录大黑狼的那时代来，因为那是不可能的，有如现在有些人想叫大家回到古代去，但我又觉得不革命又不不革命之非计，所以想借了大黑狼去诱引他一下，请他老实不客气地决定来干这不革命的文学或其他学问。我的老朽却还是仍旧，不减少也希望不大增加，所以对于大黑狼们的感情仍是颇好的，日后这本故事集印成之后我还想细细地重读一遍，——这两年来人事改变真不少了，大黑狼和万川都还健在，这真是极可喜的事了。

十七年十二月二十二日，于北平市。

【锺校】

①“鸟”原作“乌”。

②“裴”原作“斐”。

③“摊”原作“滩”。

《医学周刊集》序

古代的医术与宗教是混在一起的，中国统称巫医，至今还称医卜星相，古希腊也是如此，Pharmakeia 一字可以作医术讲，也就是法术（Magic）的名称，这正与化学和炼金术，天文学和占星术是同样的关系。古人同野蛮人一样，对于自然及人生的变化感到极大的惊异，但不明了其间的物质的因果关系，所以一切推原于超自然之神力，生老病死是人生最大的难题，就当然地第一加上了宗教的解释。德国玛格奴斯博士（Dr. Hugo Magnus）在所著《医学上的迷信》一书里把这些事情说的很明白，他以为在科学未发生以前这可以说是当然，但如在医学成立，知道生理及病理的现象均由于自然之因果，与鬼神无关，那时还要宗教或法术的治疗，这就成为十足的迷信了。西方医术自公历前五世纪中希腊希坡克拉德斯（Hippokratēs）出世，成立学术的基础，昔日宗教的疗法退居于迷信的地位，经过二千馀年的演进，论理本应渐就消灭了，但是事实却不尽然，正如原书序上所说："荒唐的迷信至今还是存在，二十世纪亦将以此大受将来的非难。"至于中国，这本是希奇古怪的地方，在古今的艺术家哲学家中间确有些很高明的思想，但一方面乌烟瘴气的迷信也很不少，没有正统的教会的监督，没有正式的祭师的指导，却自能流传蔓延，人生的一切活动几乎无一不受其影响，医术也自然不在例外，而且这些迷信的分布并不限于民间，即智识阶级亦在其内，尤可异者则中国医师本身也还不能脱去这种迷信，或者更进一步而为医学上的迷信之宣传者，则显然是巫医合一了。友人疑古玄同君藏有中医小册子数种，都是这类的宣传品，我只见《存粹医话》卷四，有陆晋笙医士著《论人身上生雉雀蝙蝠蛤蛇龟鳖等动[1]物》一文，以为"人身而生动物，似乎奇异，实不足奇"，末云："凡此皆明乎五行之气化者始得知之，若不讲五行，不究气化，徒沾沾于某方某药治某病，是形而下者谓之艺，目之曰医术则可，形而上者谓之道，名之曰医道则不可。"这是一个很好的例，证明中国的医学没有脱离迷信的把握，而且医生自己还是一个术士。我们若是冷淡地看，说随他去也罢，反正不过少医活几个人，未始不讲得过去；但事实没有这样简单，——像这最能实证的生理及病理的学术方面还容留得下迷信，别的方面可想而知，政治道德以及一切人生活动自然也为迷信所主宰，社会上蛮风的复活或遗留又是当然的了，这实在是不容轻轻地看过的事。提倡科学，破除迷信，这句老生常谈实在是救国条陈里的最要的一条。丙寅医学社诸君发行《医学周刊》，我在《世界日报》上常常见到，虽然对于医学全然是个外行，却觉得这个意思很好，可以说是于世道人心大有益处，因为这与我的救国条陈颇有点相合。我常见医家门口有一块匾，文曰“是乃仁术”，心想这倒很可以拿来题在周刊上面，因为他不但是疗治去求诊的人的疾病，还想疗治一般自以为无病的人的呆病。这回《医学周刊》将汇印成书，叫我题几个字，但是我不好意思真写一块匾送过去，所以只好撰了这几句闲话，聊以塞责云尔。

中华民国十六年十二月二十五日，北京。

【锺校】

①“动”原作“种”。

新旧医学斗争与复古

丙寅医学社发行周刊已有两年了，我于医学虽是外行，却是注意地傍观着，更关心地看守它的成长和发展。近年上海方面中西医争论起来了，江绍原先生根据了他的迷信研究的阵地也加到里边去，对于中医很有所攻击，这个我也觉得极有意思，远迢迢地望着，关心听那接触的消息。我为什么这样多事，难道真是“有闲”到非管闲事不能过日么？这当然不是的。我于医学完全是个外行，既与西医无亲，亦与中医无仇，不想帮了哪个来打哪个，只是从我的立场看来我是十分重视西医的，因此我就衷心地期待它的发展，希望它的胜利。

为什么呢？老实地一句话，我所最怕的是复古的反动。现在的中国却正在这种反动潮流之中，中西医的争论即是新势力对于旧势力迫压之反抗的一种表现，所以它的成败是很可注意的。新势力的反抗当然发现于种种方面，唯关于政治经济道德各方面的几乎统以“赤化”之名而被压倒，只有医学以系纯正科学之故，虽其主张不与“国粹医”相合，尚未蒙“准共党”之徽号，可以自由说话。倘若连这个都没有了，那时反动便已大告成功，实现了右倾派的理想世界，有力者与下民“相安一时”，虽袁吴段张之盛世也要相形见绌了罢。

因为这个缘故，中西医学这名称实在是讲不通，应该称为新旧医学之争才对。世间常说什么中学为体西学为用，什么东方文明高于西方文明，我总不能了解，我想文明总只是一个，因为人性只是一个，不过因为嗜好有偏至，所以现出好些大同小异的文化，结果还总是表示人性的同一趋向。譬如故部丘教授（S. H. Butcher）讲希腊人的特性，引以色列斐尼基二民族相比较，其实以色列人的“精神”生活和斐尼基人的“物质”生活与希腊之生活的艺术何尝不是同道，同是求生意志的一种实现方法呢？我想世界也只有一个学问，一个艺术，但也因闻道有后先之故，生出种种形相，实在是等级程度之不齐，并不是什么“质”上面的分别。中医学不是中国所独有，西医学也不是西洋所得独有，医学本只是一个，这些原是这整个医学发展上的几个时期，有次序上的前后新旧，没有方位上的东西中外。据英国肯斯敦博士所著《医学史》（C. G. Cumston，*The History of Medicine*，1926）说，医学发达有四个时期，即（1）本能的医学，（2）神学的医学，（3）玄学的医学与（4）科学的医学。现在所谓西医是科学的医学，而中国的“国粹医”无论怎么看法总还是玄学的，其间当然还夹杂着不少的神学的分子。遗留的蛮风在西洋也有，如德国玛格奴思博士在《医学上的迷信》中所引，十九世纪的英国还有谒提太太（Mrs. Eddy）之提倡“基督教科学”，道威牧师（Rev. J. A. Dowie）之“锡安的基督公教会”，都主张信仰治疗，但这都不是医生，只是善男信女的热心罢了。中国则有科学训练的医生反要算是例外，成千成万的中医实在不是现代意义的医生，全然是行医的玄学家，什么辰州祝由科，灵子术的灵学家，国民精神养成所，这是原始社会的巫师行径，是再早一个时代的东西，不必说了，就是最纯正的中医学说也都是玄学的说法，倘若真是说得特别，即使荒唐古怪，也总还够得上说是独有，可以标榜一个国字而名之曰“国术”！但是不幸某一时期之医学的玄学说法却是世上普通的事，“以天地五运六气配人身五藏六腑”与西洋中古之以七曜十二宫配人身各器官，阴阳湿燥之说与病源体液说（Humoralism）等，药物之形色数的意义与表征说（Theory of Signature），根本上是一致，这种例不必等我外行人来多举，只要请去查世界及中国医学史就可看到许多。江绍原先生著《血与天癸》第一章说：“唯理的医学系统在人类历史中是出生得很晚，生长得很慢的。”在它未曾出生，未曾生长之前，这种玄学的医学统治全世界实在是无可免而且也当然的，因为解剖学生理学还没有发达，病理学说也就多有错误，而且人总喜欢知道一切，不肯存疑，于是对于不知的事物只好用空想去造出虚构的解说，结果自然走到玄学里去了。但是，在哈威（Harvey）发见血液循环以后，医学界起了一个大革命，科学的医学终于成立，玄学的医学成为前时期的遗物，它的运命已经规定要被“赫伏奥变”的了。

这样看来，中国的医学原不是什么固有的国粹，只是世界的医学的发达上某一时期的产物，在现今是已经过去，正如歌白尼以后的天圆地方说，不能称之曰“中”与西去对抗，只可称之曰旧医学，才与事实相合。论理，旧时代的遗物不应该再会得势，然而现在中国却正相反，不但得势，而且还出于反攻，有压倒新的科学的医学之形势，这是什么缘故呢？简明的解说是，（一）旧医生的生存竞争，（二）群众的保守心理。这两个固然是主要的原因，但此外还有一个更普遍重大的原动力，——这便是现在社会上复古的反动的潮流。近两三年来北京在段张治下，厉行复古的工作，一切颇著成效，而旧医之勃兴亦其一端，我每走过旧刑部街看见什么中国医药学校的章士钊所写的匾额，总不禁想到这是很有意义的一个象征。现在各方面的复古已多成功了，政治道德上凡新的都就是左的赤的，可以归入刑事范围处分之，只有医学上的新势力还没有什么名义可以抑制它，所以尚在反抗，这就是新旧医学斗争的现象。这最后一枝孤军的运命如何，很可令人注意。我虽不是医生的同行，但与他们实在是休戚相关，因为我最怕复古的反动，所以希望新医学的胜利，保留一点新势力的生命。

（民国十七年八月三十日，于北平市）

妇女问题与东方文明等

妇女问题是全人类的问题，不单是关于女性的问题。英国凯本德（E. Carpenter）曾说过，妇女运动不能与劳工运动分离，这实在是社会主义中之一部分，如不达到纯正的共产社会时，妇女问题终不能彻底解决。无论政治改革到怎样，但如妇女在妊孕生产时不能得政府的扶助，或在平时尚有失业之虑，结果不能不求男子的供养，则种种形相的卖淫与奴隶生活仍不能免，与资本主义时代无异。苏俄现任驻诺威公使科隆泰（A. Kollontai）女士在所著小说《姊妹》一篇里描写这种情形，很是明白。在举世称为共产共妻的俄国，妇女的地位还是与世界各国相同，她如不肯服从那依旧专横的丈夫，容忍他酗酒或引娼女进家里来，她便只好独自走出去，去做那娼女的姊妹，因为此外无职业可就。这样看来，妇女问题的根本解决在此刻简直是不可能，而所谓纯正的共产社会也还只好当作乌托邦看罢了。

这个年头儿，本来也不必讲什么太理想的话，太理想容易近于过激，所以还是来“卑之，无甚高论”罢。在此刻讲妇女问题，就可讲的范围去讲，实在只有“缝穷”之一法，这就是说在破烂的旧社会上打上几个补钉而已。女子的职业开放，权利平等（选举及从政权，遗产承受权等），这自然都是很好的，一面是妇女问题的部分的改造，一面也确可以使妇女生活渐进于自由。但我所想说的，却在还要抽象的一方面，虽是比较地不切实，其实还比较地重要一点，因为我觉得中国妇女运动之不发达实由于女子之缺少自觉，而其原因又在于思想之不通彻，故思想改革实为现今最应重视的一件事。这自然，我的意思是偏于智识阶级的一边，一切运动多由他们发起煽动，已是既往的事实。大众本是最“安分守己”的，他的理想世界还是在辛亥以前，如没有人去叫他，一直还是愿意这样睡下去的：智识阶级无论是否即将被“奥伏赫变”的东西，总之这是他们的责任去叫醒别人，最初自然须得先使自己觉醒。我所说的便是关于这自己觉醒的问题，也即是青年的思想改革。

第一重要的事，青年必须打破什么东方文明的观念。自从不知是哪一位梁先生高唱东方文明的赞美歌以来，许多遗老遗少随声附和，到处宣传，以致青年耳濡目染，也中了这个毒，以为天下真有两种文明，东方是精神的，西方是物质的，而精神则优于物质，故东方文化实为天下至宝，中国可亡，此宝永存。这种幼稚的夸大也有天真烂漫之处，本可以一笑了之，唯其影响所及，不独拒绝外来文化，成为思想上的闭关，而且结果变成复古与守旧，使已经动摇之旧制度旧礼教得了这个护符，又能支持下去了。就是照事实上说来，东方文明这种说法也是不通的。他们见了佛陀之说寂灭，老庄之说虚无，孔孟之说仁义，与泰西的舰坚炮利很是不同，便以为东西文化有精神物质之殊；其实在东方之中，佛老或者可以说是精神的（假如这个名词可通），孔孟则是专言人事的实际家，其所最注意的即是这个物质的人生。而西方也有他们的基督教，虽是犹太的根苗，却生长在希腊罗马的土与空气里，完全是欧化了的宗教，其"精神的"之处恐怕迥非华人所能及；一方面为泰西物质文明的始基之希腊文化则又有许多地方与中国思想极相近，亚列士多德一路的格致家我们的确惭愧没有，但如梭格拉第之与儒家，衣壁鸠鲁之与道家，画廊派（Stoics）之与墨家，就是不去征引蔡孑民先生的话，也可以说出[①]不少共通之点。其实这些议论都是废话，人类只是一个，文明也只是一个，其间大同小异，正如人的性情支体一般，无论怎样变化，总不会眼睛生到背后去，或者会得贪死恶生的吧？那些人强生分别，妄自尊大，有如自称黄种得中央戊[②]己土之颜色，比别的都要尊贵，未免可笑。又从别一方面说，人生各种活动大抵是生的意志之一种表现，所以世间没有真的出世法，自迎蛇拜龟，吐纳静坐，以至耶之永生，佛之永寂，以至各主义者之欲建天国于此秽土之上，几乎都是这个意思，不过手段略有不同罢了。讲到这里，便有点分不出哪个是物质的，哪个是精神的，因为据我看来，佛教对于人生之奢望过于耶教，而耶教的奢望也过于共产主义者，共产主义者自然又过于普通政治家：但是这未必可以作为精神文明的等级罢？总之，这东方文明的礼赞完全是一种谬论或是误解，我们应当理解明白，不要人云亦云的当作时髦话讲，否则不但于事实不合，而且谬种流传，为害非浅，家族主义与封建思想都将兴盛起来，成为反动时代的起头了。

其次也就是末了的一件事，即是科学思想的养成。我们无论做什么事情，科学思想都是不可少的，但在妇女问题研究上尤其要紧。我尝想，孔子说"唯女子与小人为难养也"，不过是据他的观察而论事实，只要事实改变，这便成了虚论，不若佛道教的不净观之为害尤甚，民间迷信不必说了，就是后来的礼[3]教在表面上经过儒家的修改，仿佛是合理的礼节，实在还是以原始道教即萨满教 Shamanism（本当译作沙门教，恐与佛教相混，故从改译）为基本，凡是关于两性间的旧道德禁戒几乎什九可以求出迷信的原义来。要破除这种迷信与礼教，非去求助于科学知识不可，法律可以废除这些表面的形迹，但只有科学之光才能灭它内中的根株。还有，直视事实的勇气，我们也很缺乏，非从科学训练中去求得不可。中国近来讲主义与问题的人都不免太浪漫一点，他们做着粉红色的梦，硬不肯承认说帐子外有黑暗。譬如谈革命文学的朋友便最怕的是人生的黑暗，有还是让它有着，只是没有这勇气去看，并且没有勇气去说，他们尽嚷着光明到来了，农民都觉醒了，明天便是世界大革命！至于农民实际生活是怎样的蒙昧，卑劣，自私，那是决不准说，说了即是有产阶级的诅咒。关于妇女问题也有相似的现象，男子方面有时视女子若恶魔，有时视若天使，女子方面有时自视如玩具，有时又自[4]视如帝王：但这恐怕都不是真相吧？人到底是奇怪的东西，一面有神人似的光辉，一面也有走兽似的嗜好，要能够睁大了眼冷静地看着的人才能了解这人与其生活的真相。研究妇人问题的人必须有这个勇气，考察盾的两面，人类与两性的本性及诸相，对于什么[5]都不出惊，这才能够加以适当的判断与解决。关于恋爱问题尤非有这个眼光不可，否则如科隆泰女士小说《三种恋爱》中所说必苦于不能理解。不过，中国现社会还是中世纪状态，像书中祖母的恋爱还有点过于时新，不必说别的了；总之，即使不讲太理想的话，养成科学思想也仍是很有益的事吧？——病后不能作文章，今日勉强写这一篇，恐怕很有些胡涂的地方。

（十七年六月二十六日，于北京）

【锺校】

①“出”原作“是”。

②“戊”原作“戍”。

③“礼”原作“体”。

④原无“自”字，今增。

⑤“么”原作“说”。

关于失恋

王品青君是阴历八月三十日在河南死去的，到现在差不多就要百日了，春蕾社诸君要替他出一个特刊，叫我也来写几句。我与品青虽是熟识，在孔德学校上课时常常看见，暇时又常同小峰来苦雨斋闲谈，夜深回去没有车雇，往往徒步走到北河沿，但是他没有对我谈过他的身世，所以关于这一面我不很知道，只听说他在北京有恋爱关系而已。他的死据我推想是由于他的肺病，在夏天又有过一回神经错乱，从病院的楼上投下来，有些人说这是他的失恋的结果，或者是真的也未可知，至于是不是直接的死因我可不能断定了。品青是我们朋友中颇有文学的天分的人，这样很年青地死去，是很可惜也很可哀的，这与他的失不失恋本无关系，但是我现在却就想离开了追悼问题而谈谈他的失恋。

品青平日大约因为看我是有须类的人，所以不免有点歧视，不大当面讲他自己的事情，但是写信的时候也有时略略提及。我在信堆里找出品青今年给我的信，一共只有八封，第一封是用“隋高子玉造象碑格”笺所写，文曰：

这几日我悲哀极了，急于想寻个躲避悲哀的地方，曾记有一天在苦雨斋同桌而食的有一个朋友是京师第一监狱的管理员，先生可以托他设法开个特例把我当作犯人一样收进去度一度那清素的无情的生活么？不然，我就要被柔情缠死了呵！

品青，一月二十八日夜十二时。

我看了这封信有点摸不着头脑，不知所说的是凶是吉，当时就写了一点回复他，此刻也记不起是怎样说的了。不久品青就患盲肠炎，进医院去，接着又是肺病，到四月初才出来，寄住在东皇城根友人的家里。他给我的第二封信便是出医院后所写，日期是四月五日，共三张，第二张云：

这几日我竟能起来走动了，真是我的意料所不及。然到底像小孩学步，不甚自然。得闲肯来寓一看，亦趣事也。

在床上，我的世界只有床帐以内，以及与床帐相对的一间窗户。头一次下地，才明白了我的床的位置，对于我的书箱书架，书架上的几本普通的破书，都仿佛很生疏，还得从新认识一下。第二回到院里晒太阳，明白了我的房的位置，依旧是西厢，这院落从前我没有到过，自然又得认识认识。就这种情形看来，如生命之主不再太给我过不去，则于桃花落时总该能去重新认识凤皇砖和满带雨气的苦雨斋小横幅了吧？那时在孔德教员室重新共吃瓦块鱼自然不成问题。

这时候他很是乐观，虽然末尾有这样一节话，文曰：

这信刚写完，接到四月一日的《语丝》，读第十六节的《闲话拾遗》，颇觉畅快。再谈。

所谓《闲话[①]拾遗》十六是我译的一首希腊小诗，是无名氏所作，戏题曰《恋爱偈》，译文如下：

不恋爱为难，恋爱亦复难，
一切中最难，是为能失恋。

四月二十日左右我去看他一回，觉得没有什么，精神兴致都还好，二十二日给我信说，托交民卫生试验所去验痰，云有结核菌，所以“又有点悲哀”，然而似乎不很利害。信中说：

肺病本是富贵人家的病，却害到我这又贫又不贵的人的身上。肺病又是才子的病，而我却又不像□□诸君常要把它写出来。真是病也倒楣，我也倒楣。

今天无意中把上头这一片话说给□□，她深深刺了我一下，说我的脾气我的行为简直是一个公子，何必取笑才子们呢？我接着说，公子如今落魄了，听说不久就要去作和尚去哩。再谈。

四月三十日给我的第六封信还是很平静的，还讲到维持《语丝》的办法，可是五月初的三封信（五日两封，八日一封）忽然变了样，疑心友人们（并非女友）对他不好，大发脾气。五日信的起首批注道："到底我是小孩子，别人对我只是表面，我全不曾理会。"八日信末云："人格学问，由他们骂去吧，品青现在恭恭敬敬地等着承受。"这时候大约神经已有点错乱，以后不久就听说他发狂了，这封信也就成为我所见的绝笔。那时我在《世界日报》附刊上发表一篇小文，论曼殊与百助女史的关系，品青见了说我在骂他，百助就是指他，我怕他更要引起误会，所以一直没有去看他过。

品青的死的原因我说是肺病，至于发狂的原因呢，我不能知道。据他的信里看来，他的失恋似乎是有的罢。倘若他真为失恋而发了狂，那么我们只能对他表示同情，此外没有什么说法。有人要说这全是别人的不好，本来也无所不可，但我以为这一半是品青的性格的悲剧，实在是无可如何的。我很同意于某女士的批评，友人“某君”也常是这样说，品青是一个公子的性格，在戏曲小说上公子固然常是先落难而后成功，但是事实上却是总要失败的。公子的缺点可以用圣人的一句话包括起来，就是“既不能令，又不受命”。在旧式的婚姻制度里这原不成什么问题，然而现代中国所讲的恋爱虽还幼稚，到底带有几分自由性的，于是便不免有点不妥：我想恋爱好像是大风，要当得她住只有学那橡树（并不如伊索所说就会折断）或是芦苇，此外没有法子。譬如有一对情人，一个是希望正式地成立家庭，一个却只想浪漫地维持他们的关系，如不在适当期间有一方面改变思想，迁就那一方面，我想这恋爱的前途便有障碍，难免不发生变化了。品青的优柔寡断使他在朋友中觉得和善可亲，但在恋爱上恐怕是失败之原，我们朋友中之□□大抵情形与品青相似，他却有决断，所以他的问题就安然解决了。本来得恋失恋都是极平常的事，在本人当然觉得这是可喜或是可悲，因失恋的悲剧而入于颓废或转成超脱也都是可以的，但这与旁人可以说是无关，与社会自然更是无涉，别无大惊小怪之必要；不过这种悲剧如发生在我们的朋友中间，而且终以发狂与死，我们自不禁要谈论叹息，提起他失恋的事来，却非为他声冤，也不是加以非难，只是对于死者表示同情与悼惜罢了。至于这事件的详细以及曲直我不想讨论，第一是我不很知道内情，第二因为恋爱是私人的事情，我们不必干涉，旧社会那种萨满教的风化的迷信我是极反对的；我所要说的只在关于品青的失恋略述我的感想，充作纪念他的一篇文字而已。——但是，照我上边的主张看来，或者我写这篇小文也是不应当的；是的，这个错我也应该承认。

（民国十六年十二月二十七日，于北京）

【锺校】

①“话”原作“语”。

关于人身卖买

佐野学著的《日本社会史序论》在日本是禁书，我所有的一本是片上伸君送给我的。一九二四年七月片上君第二次来北京，将重游俄国，行装中带有此书，因为怕检查的缘故，表纸序文目录都已撕去，只剩了三卷本文了。我托常维钧君去改装上一个半皮面，放在书架上，今天偶然拿下来翻阅，第一卷《被支配者阶级之诸研究》中第六章是《我国人身卖买沿革考》，第八节结语云：

> 未几，明治维新出现了。明治初年政府的态度对于人身卖买这件事也全是革命的。明治三年，禁止卖童男给支那人。五年，因"卖买人身，规定终身或限期间，一任主人随意虐使，有背人伦，所不应有"，命令解放娼妓艺妓，一切定期服役人等。新律纲领上也设略卖人之条，凡略卖人为娼妓者流二等，为妻妾奴婢者徒二年

半，因而杀伤人者照强盗律治罪。但是正如别的改革事业不久就变成反革命的一样，关于人身卖买，明治政府的态度也极为模胡不纯，未几经了几次的警视厅令，也就默认了艺妓娼妓的人身卖买了。

我在上文回顾了我们过去的黑暗的历史。以上只是顺着见于文献的事迹一看罢了，本文上不曾记录的事实在文献上还有无数存在，至于文献上不曾出现的事实那更是无数了。过去的历史书只是阶级的历史书，记录我们平民的运命的地方非常稀少，我们对于这事禁不住要冷笑。现在是资本主义时代，人身卖买的暗影还没有干净地拭去。现今劳动力之卖买是要比任何时代为盛。这岂不是把人类的历史长久弄得黑暗的那人身卖买的原则之连续么？而且贫家女子卖身的事也同从前一样地实行着。滥行赞美现代的人固然也未必有，我想人类真是可以赞美这人世的时代，那还是遥远地在彼方罢。（一五〇至一五一页）

这固然说得不错，但也是平常的话，可是这在日本恐怕就要犯忌而被禁止了。大凡极平常的，由我们从常识看去合于道理的话，在现代往往被认作危险，轻则禁止，重则查办。我所见闻的日本人的议论，只有极少数的艺术家学者及主义者说得合理，而这些人都是带有共产或无政府主义的倾向，是现代政治道德的权威所认为大逆不道者。关于济南事件，因为孤陋寡闻的缘故，觉得日本人的话真说得通达事理的仅只一小篇，这是登在日本无政府党机关报《黑色青年》上面的。中国的各种主义者似乎同日本的是两类，所以情形不大相同。“中国社会史序论”这一类的书既少有人肯做，说起话来也总同别派的人差不多的奇怪。这不知道是什么理由，大约中国人的思想是统一的缘故罢？不过我也不能确说。

（十七年十二月四日）

关于妖术

英国散茂斯（Montague Summers）所著的《妖术史》和《妖术地理》系 Kegan Paul 出版的“文明史”丛书中的两种，一九二七年刊行，定价是十二先令半和十八先令。因为这种丛书是颇有名的．而我又颇喜打听一点魔术妖法的事情，所以奋发一下子把他去买了来。岂知不看犹可，看了却出一大惊，真有“意表之外”之感焉！原来这位先生自己是相信有妖术的。本来我们虽然不信妖术，然而世上却未尝没有这类的东西，有如白莲教以及现代的同善社等等，不过我们认它为蛮风之遗留，并不以为这是现今一切文化的仇敌，像当代要人眼里的共产主义一样。散先生乃不然，他承认欧洲的妖术是魔鬼撒但祖师真[①]传的主义，目的是在破坏耶和华所钦定的族长制的教会与绅商制的国家，所以于世道人心，风化治安均有了不得的关系，非彻底肃清不可的，无论用了怎样的手段与多大的牺牲。他的《妖术史》的第一章的题目是："妖巫，外道的与无政府的"。他痛骂茂来女士（M. A. Murry）所著的《西欧的妖术》，以为"根本地并且完全地错误"。为什么呢？因为茂来女士的著作是从人类学的见地来考察这起源于上古而传讹堕落的宗教，他却是相信历史——尤其是卫道的教徒所记的历史的。茂来女士推论这是基督以前的西欧的一种古宗教，饮宴跳舞，因为是关于农业的，所以多少有些猥亵性质，实际总是颇愉快的高兴的仪式，因此"在那禁压它的阴郁的神圣裁判官与宗教改革者是全然不能了解的"了。散先生回答说：

> ……那些神圣裁判官呢，他们都是圣陀米尼与圣芳济的徒弟，一个的慈惠是无限的，一个的名字就对于众生都发出基督似的慈爱，所以他们是有极深的智识与极深的同情的人，他们第一件的义务是来绝灭这种恶化，免得全社会都被腐败而永劫不复。茂来女士似乎不知道那妖术实在只是一种污秽可恶的邪说，是摩尼教派的馀毒。

我所读的书真是有限，但在我出钱买了来的书里却没有见过一本这样胡说的，叫人气闷的书。我真奇怪，文明史丛书里怎么会有这样的古怪东西？别的各册似乎都很不差，都是现代科学的成绩，而其中间又忽然夹入这中古时代的出品，真是有点出奇了。

《妖术地理》是分述各国的妖术状况的，也是同样的论调，有几处似乎更有精采。第六章是讲德国的，中间引忒勒威思教区编年云：“一五八六年教区内厉行肃清妖巫，在两村中只有两个女人得不死。”又据纪载，一六二七至一六三一年中吴尔兹堡共杀妖巫九百馀人，有几次的名单极有意思：

> 第十三次正法者四名：老霍夫宿密特，老妇人一名，少女一名年约十岁，她的妹子一名。
>
> 第十四次正法者二名：上记二少女之母，理倍耳之女年二十四岁。
>
> 第十五次正法者二名：少年一名年十二岁系高小学生，开馒头铺之女人一名。

窥豹一斑，可以不多引了。且看著者怎样注释。

> 这样的一个目录，的确，初看似乎有点可怕，但我们要知道，这些频烦的处刑恰足以表明那个不幸的地方是多么深地中了病毒了。撒但党秘密地进行他们的工作，那样勤奋而且坚决，这实在是适于去做更好的事的。他们恶化了老的少的，富的穷的，流浪的乐人，安乐的市民和尊荣的贵族；不，就是牧师也被拉进地狱的陷阱里去。这社会的无政府与魔鬼的革命之毒必须用剧

烈的方法来肃清它，假如想不使全体都中了毒，而且不要在神与人的鼻孔里感到恶臭。的确这是很可悲的，听书上说小儿们那样早地受了污染了。然而这种事情是古今都有的。在智利，牧师们都诉说学校儿童之恶化。圣谛亚谷的一位神甫曾说，不多几年前有几个天主教的土人看见一个白种小孩，年纪不过十五岁，把圣饼钉在市外的一棵树上，用刀刺了好几下，一直等到他们看清楚了，跑上前去将他止住。南美洲的撒但党抓住了十二岁以下的少年男女，教他们咒骂渎神，不进教会去，却尽忠于撒但。

散先生的这些话真不免有点儿丧心了。声称维持治安的政治的杀戮已经有人怀疑，何况这只是圣饼安危问题么？我曾在《从犹太人到天主教》这篇小文里说过："《出埃及记》二十二章十八节说，行邪术的女人不可容她存活！相信有邪术，自然就有反邪术之运动，然而其实他的丑恶也并不下于邪术，倘若说世界上真有邪术。"中国向来喜欢以思想杀人，定其罪曰离经叛道，或同类的笼统的名号，西欧也是古已有之，到了十九世纪这才停止了，虽然在一九〇六年西班牙还借了煽动罢工的罪名枪毙了自由思想家菲拉耳。散先生在英伦今日还赞成这种勾当，可不是东方文明西渐之兆乎？

但我想，文明世界总不应该如是的。“文明是什么？我不晓得，因为我不曾研究过这件东西。但文明的世界是怎样，我却有一种界说，虽然也只是我个人的幻觉。我想这是这样的一个境地，在那里人生之不必要的牺牲与冲突[2]尽可能地减少下去。我们的野蛮的祖先以及野蛮的堂兄弟之所以为野蛮，即在于他们之多有不必要的牺牲与冲突。”十四年一月我在《语丝》上写了这些话，到了现在也还是这样想。前日细读蔼理斯著的《新精神》，见在《惠德曼论》中论及索罗在山林中所过的生活，说在不曾有这种经验的人这世界当有许多的不必要的神秘与不少的不必要的苦恼。这个意思略有点相近，虽然所谈的不是同一问题。在现代，那些不必要的惊扰何其多耶？太白经天了，吓出病来；邻家男女私通了，气得发抖；某生钉圣饼在树上，某生的箱子里有一本反动的书报，军警放了步哨去捉来，关在塔牢里重办：这都是何苦来！我相信这都是不必要的，大可丢开不管，一点都没有妨害。我这意见或者是已经过了时的所谓自由主义，因为现在的趋势似乎是不归墨（Mussolini）则归列（Lenin），无论谁是革命谁是不革命，总之是正宗与专制姘合的办法，与神圣裁判官一鼻孔出气的。但是，这总是与文明相远，与妖术和反妖术倒相近一点儿罢。

（十七年十二月二十七日）

【锺校】

①“真” 原作 “直”。

②“冲突” 原作 “突冲”。

闭户读书论

自唯物论兴而人心大变。昔者世有所谓灵魂等物，大智固亦以轮回为苦，然在凡夫则未始不是一种慰安，风流士女可以续未了之缘，壮烈英雄则曰："二十年后又是一条好汉。"但是现在知道人的性命只有一条，一失足成千古恨，再回头已百年身，只有上联而无下联，岂不悲哉！固然，知道人生之不再，宗教的希求可以转变为社会运动，不求未来的永生，但求现世的善生，勇猛地冲上前去，造成恶活不如好死之精神，那也是可能的。然而在大多数凡夫却有点不同，他的结果不但不能砭顽起懦，恐怕反要使得懦夫有卧志了罢。

"此刻现在"，无论在相信唯物或是有鬼论者都是一个危险时期。除非你是在做官，你对于现时的中国一定会有好些不满或是不平。这些不满和不平积在你的心里，正如噎隔患者肚里的"痞块"一样，你如没有法子把他除掉，总有一天会断送你的性命。那么，有什么法子可以除掉这个痞块呢？我可以答说，没有好法子。假如激烈一点的人，且不要说动，单是乱叫乱嚷起来，想出出一口鸟气，那就容易有共党朋友的嫌疑，说不定会同逃兵之流一起去正了法。有鬼论者还不过白折了二十年光阴，只有一副性命的就大上其当了。忍耐着不说呢，恐怕也要变成忧郁病，倘若生在上海，迟早总跳进黄浦江里去，也不管公安局钉立的木牌说什么死得死不得。结局是一样，医好了烦闷就丢掉了性命，正如门板夹直了驼背。那么怎么办好呢？我看，苟全性命于乱世是第一要紧，所以最好是从头就不烦闷。不过这如不是圣贤，只有做官的才能够，如上文所述，所以平常下级人民是不能仿效的。其次是有了烦闷去用方法消遣。抽大烟，讨姨太太，赌钱，住温泉场等，都是一种消遣法，但是有些很要用钱，有些很要用力，寒士没有力量去做。我想了一天才算想到了一个方法，这就是“闭户读书”。

记得在没有多少年前曾经有过一句很行时的口号，叫做“读书不忘救国”。其实这是很不容易的。西儒有言，二鸟在林不如一鸟在手，追两兔者并失之。幸而近来“青运”已经停止，救国事业有人担当，昔日辘轳体的口号今成截上的小题，专门读书，此其时矣，闭户云者，聊以形容，言其专一耳，非真辟札则不把卷，二者有必然之因果也。

但是，敢问读什么呢？经，自然，这是圣人之典，非读不可的，而且听说三民主义之源盖出于《四书》，不特维礼教即为应考试计，亦在所必读之列，这是无可疑的了。但我所觉得重要的还是在于乙部，即是四库之史部。老实说，我虽不大有什么历史癖，却是很有点历史迷的。我始终相信《二十四史》是一部好书，他很诚恳地告诉我们过去曾如此，现在是如此，将来要如此。历史所告诉我们的在表面的确只是过去，但现在与将来也就在这里面了：正史好似人家祖先的神像，画得特别庄严点，从这上面却总还看得出子孙的面影，至于野史等更有意思，那是行乐图小照之流，更充足地保存真相，往往令观者拍案叫绝，叹遗传之神妙。正如獐头鼠目再生于十世之后一样，历史的人物亦常重现于当世的舞台，恍如夺舍重来，慑人心目，此可怖的悦乐为不知历史者所不能得者也。通历史的人如太乙真人目能见鬼，无论自称为什么，他都能知道这是谁的化身，在古卷上找得他的元形，自盘庚时代以降一一具在，其一再降凡之迹若示诸掌焉。浅学者流妄生分别，或以二十世纪，或以北伐成功，或以农军起事划分时期，以为从此是另一世界，将大有改变，与以前绝对不同，仿佛是旧人霎时死绝，新人自天落下，自地涌出，或从空桑中跳出来，完全是两种生物的样子：此正是不学之过也。宜趁现在不甚适宜于说话做事的时候，关起门来努力读书，翻开故纸，与活人对照，死书就变成活书，可以得道，可以养生，岂不懿欤？——喔，我这些话真说得太抽象而不得要领了。但是，具体的又如何说呢？我又还缺少学问，论理还应少说闲话，多读经史才对，现在赶紧打住罢。

（中华民国十七年十一月吉日）

国庆日颂

第十七回的中华民国国庆日到来了，我们应该怎样祝贺他，颂祷他才好呢？

以前的国庆日是怎么地过去的呢？恕我记性不好，有点记不明白了，勉强只记得近两年的事，现在记录出来，以资比较。

十五年十月十日我做过一篇小文，题曰《国庆日》，是通信的形式，文曰：

> 子威兄：今天是国庆日。但是我一点都不觉得像国庆，除了这几张破烂的国旗。国旗的颜色本来不好，市民又用杂色的布头来一缝，红黄蓝大都不是正色，而且无论阿猫阿狗有什么事，北京人就乱挂国旗，不成个样子，弄得愈挂国旗愈觉得难看，令人不愉快。虽然章太炎知道了或者要说这是侮蔑国旗，但我实在望了这龌龊的街市挂满了破烂的旗，不知怎的总觉得不像什么国

庆。其实，北京人如不挂旗，或者倒还像一点也未可知。……

去年今日是故宫博物院开放，我记得是同你和徐君去瞻仰的。今年，听说是不开放了，而开放了历史博物馆。这倒也很妙的。历史博物馆是在午门楼上，我们平民平常是上不去的，这回开放拿来作十五年国庆的点缀，可以说是唯一适宜的小点缀罢。但是我终于没有去。理由呢？说不清，不过不愿意看街上五色旗下的傻脸总是其中之一。

国庆日的好处是可以放一天假，今年却不凑巧是礼拜日，糟糕糟糕。

十六年国庆日我也写有一篇《双十节的感想》，登在《语丝》第一五四期上，可是这期《语丝》就禁止了，在北京不曾得见天日。那一天我同徐君往中央公园去看光社展览会，见了两件特别的事情，所以发生了一点感想。这事情是什么呢？一件是公园门口有许多奉军三四方面军团宣传部员，洋装先生和剪发女士，分发各种白话传单，一件是许多便服侦探在端门外野餐。这当时使我大吃一惊。一面深感在中国生存之不易，到处要受监伺，危机四伏，既将睹书坊伙计而心惊，亦复遇煤铺掌柜而胆战，令人有在火山上之感焉。一面我又有点乐观，觉得这宣传部员很有一番新气象，北方的禁白话禁剪发的复古的反动大约只是旧派的行为，不见得会长久。这样荏苒的一年过去，恐慌也有时似乎不恐慌，乐观也有时似乎不乐观，于是到了民国十七年的国庆日了。

今年的国庆日是在青天白日旗里过的了，这自然就很够可喜了。即使没有政治意义，我也很反对那不好看的五色旗，虽然因此受到国家主义者（现在多已投诚了罢?）的怨恨也并不反悔。现在这张旗换掉了，而且北海桥上的高墙也已拆去，这就尽够使我喜欢了，我觉得已经“获得”了一个不曾有过的好的国庆日，——此外哪敢还有什么别的奢望呢。我为表示我的真诚，将于是日正午敬干一杯白干，以贺民国十七年的国庆日，并以吊十七年前的今日武昌死难的诸烈士之灵！

然而，这国庆日又即是国府九十八次会议决定明令规定的孔子纪念日，却是不凑巧之至。从这一边看固然是少放假一天的损失，从那一边看又可以说是复古的反动之吉兆。正如前三四年前远远地听东北方面的读经的声浪，不免有戒心一样，现在也仿佛听见有相类的风声起于西南或东南，不能不使人有“杞天之虑”。禁白话，禁女子剪发，禁男女同学等等，这决不是什么小问题，乃是反动与专制之先声，从前在奉、直、鲁各省曾实施过，经验过，大家都还没有忘记，特别是我们在北平的人。此刻现在，风向转了，北方刚脱了复古的鞭笞，革命发源的南方却渐渐起头来了，这风是自北而南呢，还是仍要由南返北而统一南北的呢，我们惊弓之鸟的北方人瞻望南天，实在不禁急杀恐慌杀。

似乎中国现在还是在那一个大时代里，如《官场现形记》所说的“多磕头少说话”的时代。今年的国庆日只得就这样算了，不知道明年的国庆日能否给我们带来一个好运，使我们有可以少磕一点头多说几句话的福气？

□杂感十六篇

罪人

十八年前用古文所译的匈加利小说《黄蔷薇》于去冬出版了。因为是用古文译的，有些民歌都被译成五言古诗了，第二页上一个牧牛儿所唱的一首译如下文：

不以酒家垆，近在咫尺间，
金尊与玉碗，此中多乐欢，
不以是因缘，
胡尔长流连，不早相归还？

译语固然原也欠亨，但刊本第二行下句排成了“此中多乐歌”，更是不行了。印书有错字本已不好，不过错得不通却还无妨，至多无非令人不懂罢了，倘若错得有意思可讲，那更是要不得。日前读靳德峻君的《人间词话笺证》（北京文化学社出版，书中未注明原著者姓名，大约因为大家都已知道是王静庵之作的缘故罢?）至第十二页，注中引陶渊明《饮酒》诗，末二句云：

但恨多谬语，君当恕罪人。

这也错得太有意思了。所以我尝是这样想，一本书的价值，排印，校对，纸张装订，要各占二成，书的本身至多才是十分之四，倘若校刊不佳，无论什么好书便都已损失了六分光了。

女子的文字

《北新》半月刊二卷四号上有天庐君的一篇《性的搏斗史之一页》，第四十六页上云：

> 日本女子操文另有一种特殊风格及成语的。据 Crawley 氏说，日本字母片假名（Katakana）专为男子用的，平假名（Hiragana）则为女子所专用。

（案原文片假名平假名互易，与所注罗马字不符，今姑据注文代为对调。）

这所说似乎与事实不合。日本古时虽有过“男文字”的名称，乃是指汉字，盖隋唐以来日本采用中国文化，最初用汉字撰文，及假名后起，士大夫似仍不屑写，以为只宜于妇女子之用，有如朝鲜之“谚文”。但此种情形不久便见变更，平安朝诗人纪贯之用假名文著《土佐日记》，为日本文学佳作之一，英人亚斯敦（W. G. Aston）在所著《日本文学史》六十八页上曾这样说：

> 贯之在日记卷首告诉读者，云日记平常多系男子所作，今仍试写女子之日记，这就是说，此书用假名和文，非用汉文所写也。

本来说得也还明白，但西洋人或者因了这些记录便传讹出去了。Grawley 大约是那有名的《神秘的蔷薇》（*The Mystic Rose*）的著者，不过关于东方事情未免也有点弄不清楚，往往把它们看得太是《一千一夜》式的，有如雾里看花，虽美而总不很真也。

日本女子，特别是年青女子的说话，却确实有一种特殊风格。语助辞与读音的变化为其主要分子，如自称普通用 Watakushi 或 Watashi 则变为 Atashi 以至 Atai，即是显著的一例，但此种区别乃是自然的，仿佛含有些蛊惑之力，这实在可以说性的牵引而非性的搏斗的事了。

爆竹

北京近日又过戊辰新年，官厅发行通行历纪念历，人民则大放其爆竹，——诚然，今年比较的少了，因为民穷财尽了，但总之仍不愧称为大放。语云，惊弓之鸟，漏网之鱼，言其受过危险，有所儆戒也，而我国民乃不然。自民国六年张勋复辟，在大城内施放枪炮以来，北京四周不知有过几次战仗，皖直奉直，名称已难悉记，大炮，机关枪，飞机炸弹，声响岂遂尽忘，而市民事过情迁，无所儆戒，亦无记忆，时节既届，冲动复发，则仍燃放其种种爆仗，噫，他们盖超出鱼鸟之外了。借问为何而放爆仗？则求升官发财也。问放者为谁？则士商农工，即所谓第三第四阶级，中国之四民全体是也。

中国人总喜欢看样，我们于是有第三第四阶级的名称了，但事实上中国有“有产”与“无产”这两类，而其思想感情实无差别，有产者在升官发财中而希望更升更发者也，无产者希望将来升官发财者也，故生活上有两阶级，思想上只一阶级，即为升官发财之思想。有产者可以穷而降于舆台，无产者可以达而升为王侯，而思想不发生一点变动，穷时承认该被打屁股者即达时该打人屁股者[①]，反正不同而是非则一也。朱元璋以乞食僧升为皇帝，为暴君之一，此虽古事，可以例今。故中国民族实是统一的，生活不平等而思想则平等，即统一于“第三阶级”之升官发财的浑账思想。不打破这个障害，只生吞活剥地号叫“第四阶级”，即使是真心地运动，结果民众政治还就是资产阶级专政，革命文学亦无异于无聊文士的应制，更不必说投机家的运动了。现代的社会运动当然是有科学根基的，但许多运动家还是浪漫派，往往把民众等字太理想化了，凭了民众之名发挥他的气焰，与凭了神的名没有多大不同，或者这在有点宗教性质的事业上也是不可免的罢？

【锺校】

①原无“者”字，今增。

女革命

《随感录》八八上我说及上海滩人称剪发女子为女革命，加注曰："这本是说在联帅治下的时代，现在是怎样，鄙人远在京兆不能知道。"近日读《贡献》第七期，见有九芝先生的一篇小文，题曰《女革命的跳戏》，其前三节如下：

> 电车靠站的时候，听见卖报的声音了：
>
> "哦！看女革命的跳戏！"卖报者手上提着《图画时报》，这样的喊着。
>
> "女革命的跳戏！"这是个新鲜名目。但我早上是看了《图画时报》出来的，转折一想，便了悟了：女革命者，女学生也；跳戏者，跳舞也。

这期《贡献》是十七年二月五日出版，那么可以补足我的小注，证明"此刻现在"还在叫女革命，只是范围似乎更广，由剪发女子而转为女学生全体了。（或者因江南"党化"了，女学生都剪了发？鄙人远在京兆，也不能确定。）这虽然是一件小事，但实际上并不怎么小，因为就此可见南方号称最文明地方的上海的民众知识的程度。民众，无产阶级，黄包车夫，流氓，都是现今最时髦的口号，有许多胡说八道横冲直撞的朋友，事实上原是顶瓜瓜的老牌的秀才和老总，但他们声言所奉的如不是祖师的圣旨定是民众的天启。现时的民众到底是什么东西呢？举其一例，上海的老百姓固犹是孙联帅时代的顺民，——其实现时的“官革命”有些又何尝不都是段章张孙时代的顺官乎？……Sh！

（二月二十五日，于北京城）

愚夫与英雄

丹麦勃阑特思博士在所著《希腊》（George Brandes，*Hellas*，Eng. tr. 1926）卷末悼惜古希腊之衰微，归罪于英法帝国主义之争斗，利用突厥以残毁欧洲文明之母国。末页上说：

> 近来南森（Fridtjof Nansen）在诺贝尔奖金答谢词中说过那屡被记载的话："孩子，你不知道这世界是怎样无理地被统治着。"这是当然的，他在上边加一句，"正如阿克森斯帖耳那（Axel Oxenstjerna）所说"，虽然我在七年前早已申明阿克森斯帖耳那并没有说过这样的话。……但是，呜呼！南森的话总是不错的，我们在每日里总遇见些事情足以证明此语之真实。欧洲现在是落在愚夫们的手里了。

老博士的话也是不错的，但欧洲一语似乎可以改为世界。英之路易乔治，法之克利蒙梭，义之莫索利尼，西之利威拉，日之田中义一，中之……（举谁好?），滔滔者天下皆是也：有识者谥之曰愚夫，但他们是[1]知道愚民喜欢专制之心理的，这不能不算是英雄。总之，民心是在他们一方面，难怪他们现时（或者永远）的得势。

（十七年三月，北京）

【锺校】

①原无“是”字，今增。

《爱的艺术》之不良

三月十八九日北京《世界日报》“明珠”栏所载云召先生的《小说话》中有一节文章，是论“不良小说”的，其中有这几句话：

> 最近禁止的十一种不良小说，禁止是都值得禁止的；现在我把我所知道关于这几本书的大概，来谈一谈。
>
> ×
>
> 《爱的艺术》……这三种都是研究性欲的书籍。《爱的艺术》是外人蔼里斯著的，有北新书局的翻译本，但卖完后在北京未再翻印，市上普通见的乃是冒充上海光华书局而实是翻印北新的本子。总之，此三书便是好书也该禁止，况且在性教育尚未确定的中国，这些非科学式的科学书是应该禁止发售的。

云召先生使我能够知道最近禁止十一种不良小说

的事情以及这些书的名目，这是我所感谢的，但他的对于《爱的艺术》的批语未免有点不对。《爱的艺术》是《性的心理之研究》第六卷里的一章，该《研究》在学术上的地位世间已有定评，现在却还称之曰非科学式，不知要怎样才能算作科学式呢？蔼里斯的这部书在“文明”国半开化国到处都碰钉子：英国既禁止于先，日本则把它的译本阉割得不成样子，译出一部分到中国，又被官厅认作不良小说，读者斥为非科学式，真可谓命苦了。但是，我们替它辩白有什么用呢？即使辩明白了，蔼里斯实是学者，这部《研究》实是科学书，也岂能救它免于禁止么？“便是好书也该禁止”，说得十分干脆。千不是，万不是，都是做书的不是，谁叫他写出这种违反圣道的东西来，又输入这礼教之邦，以败坏我风化，“非所宜也，大不敬”，不被禁止何待乎？

莲花与莲花底

近来北京大检查邮件，而内右四区的检查员又似乎特别严正，把南方寄来的许多刊物都不客气地没收了，连《语丝》也在内，所以四卷十九二十两期就没有看见，虽然住在中一区的朋友早已收到了。昨天不知怎地忽然发下一包刊物来，乃是《贡献》二卷八号，查是也查过了，却终于发还给我，这是很可感谢的。我先读江绍原君的小品，到一九四“满族的成胎论及孪生起因论——莲花”一条，看见所引《传家宝》里的话，不禁微笑，因为这是我所知道的，在小时候读《达生编》——还是《大生要旨》（?）——见过这样的话，现在好像是碰见了旧友一样。我想中国的花观念大约是本有的，但似乎不一定是莲花，与满族不同，石成金所说也只是“有如莲蕊”罢了。中国从《诗经》起便很说到荷花，不过是许多花之一种，把莲花看作有特别的意义那或者全是佛教的影响。莲花在佛教上也常常露出本来的性的象征，如云优钵罗盘那女生青莲华中等，唯平常因为当作庄严妙法座之故，总与佛相关，而且净土思想占了势力之后，莲花更与“死”发生关系，虽然其实还是“生”，再生到乐邦的莲花中去。一九四补遗所述江浙风俗，死人鞋上绣莲花，活人的鞋则大忌此，意思很是明了，至于满人之绣莲花于新娘的鞋底，我以为还是本于性的莲花观念，未必如史禄国的迂阔的提议，象征什么新娘已自其父族中死去。固然满人也受着佛教的影响，我想他们所得的或者只是上述的性的莲花观念罢？满人的佛教似乎多是密宗，与净土思想恐怕很有点不同，不过在这专门学问上我这样的外行人实在不能乱说什么了。

前两三天承吾友某将军寄示一文，题曰《山西大同妇女赛脚之花花絮絮》，作者为倚波，登在五月二十五日的天津报上。报名不详，大约是《大公报》罢？倚波君述其友人秦君禾章所谈赛脚情形，第三节系讲梅花底者，文曰：

> 梅花底非始于大同，实先行于宣化，宣化妇女倡之，大同妇女和之。其法，即将弓鞋之木底镂空作五瓣梅花形，中实白粉，小步珊珊，不必行经苍苔，即已步步留痕。此梅花底又名莲花

底，因莲花雕刻颇难酷肖，故称之为梅花底云，取步步生莲之意也。

案，准此，则山西风俗并不忌莲花，不特不忌，且将它雕刻于弓鞋之木底下也。此一则似足以供江君之参考，故录之。但是，不幸得很，据我看来，这篇文章浪漫气太重，可信之程度殊难断定，盖笔受或口述者颇有嗜好小脚之意，所言或不免于偏也。第一节论“瘦小尖弯香软正”云：

> 大同妇女虽经年不浴，然于双趾却缠洗甚勤，且散麝薰香，孜孜不倦，虽非出于天然，但亦芬芳扑鼻。其尤难能者，即行步便捷，操作自如，了无扶墙摸壁之苦也。

关于香的问题我们暂且不谈，只说行步便捷的事罢。我有一个表兄从前在大同做官，他不是什么新思想家，但在光绪末年他便禁止他的女儿缠足。据他说因为看山西女人“满炕乱爬”实在难过，所以严饬夫人不准给女儿缠足。他的夫人虽然服从，但总不免腹诽，私自做了几双弓鞋藏于箱底，预备将来有机会时再给女儿改成弓足。后来被发见了，老爷大发雷霆，可是还没有效，至第二次再于箱中发见了新[①]的小弓鞋的时候，他命取厨刀来当面将鞋都剁碎了，这样以后阴谋才算断绝。因此，我觉得那行步便捷说不见得是真理。第二节述“妇女之缠足秘法”，云择吉日，焚香拜祷，以羔羊一头破其腹，纳女足于中，二时后取出，足“软腻如绵”，即趁势裹之，阅七日，“则成纤纤莲瓣矣”。这个秘法我在南京也曾听见过，不过系用以放足，然其神秘则一也。羔羊腹真有这样神力，能把双趾由舒而卷，由卷而复舒欤？我非中医，不能言也。下文又云：“七日后复裹之，则足必脱一层皮，视之白如羊脂，无丝毫尘垢杂其间也。”又述赛脚时轻薄少年以鲜花（凤仙花居多）投掷，女一一受之归，“于是晚捣凤仙花汁，为染赤足之用，明日纤小如红菱矣”。——喔，读之真令人肌肤起“栗”，然而述者之一往情深颠倒于纤纤双瓣之态盖亦可掬矣。士各有志，不能相强，我为介绍此文，亦但以表示在现代中国“爱莲”者尚大有人在耳。

（民国十七年五月三十一日，于北京）

【锺校】

①原无“新”字，今增。

食莲花的

昨日往某校上课，在阅览室得见《晨报》，副刊上登载朱君一篇文章，题曰《文坛上之怪杰唐南遮》，已为第三回，我因不看《晨报》，不知上下文，所见仅此一节而已。其中云唐氏有一著作名《食莲花的》，查照下边所注英文 The Lotus-eaters，意思似不很对。大家知道英文 Lotus 之义为莲花，那么 Lotus-eaters 之义为“食莲花的”原是当然的；不过这也只是中国日本的字典才把罗托斯（Lotos，Lotus）一字独断地译作莲花，在《奥斯福小字典》便不如此，它照古来原意分作三项。罗托斯一字至少可以分作三种意思：（1）是希腊的罗托斯，马所吃的，即苜蓿之类，在植物学上就是这样讲法；（2）是埃及的罗托斯，即莲花；（3）是非洲的罗托斯，——老实说，这是什么我完全不知道，因为这只是传说中的植物，据云是一种灌木，生于希腊殖民地古瑞那亚（Cyrenaia），居民采其"蜜甜的果实"以为食，游客食此果，即忘故乡，不复思归，最初见于"荷马"史诗《阿迭绥亚》，Lotophagoi（吃罗托斯者）之名即从此出，为本地居民之称号，Lotus-eaters 即其英译焉。后世凡有说及"吃罗托斯者"，均用这个典故，罗托斯虽有莲花及苜蓿诸义，在此处却都不适用也。唐氏著作不曾见到，不知怎样说法，但读英国丁尼孙诗《吃罗托斯者之歌》（*Song of the Lotos-eaters*），确系咏英雄阿迭修斯之徒，愿吃罗托斯而忘尘世苦辛者，故妄意唐氏之作亦如此，——倘若它真是说吃埃及的水百合花的，那么上边所说全是文不对题，即取消可也。

（五月三十一日）

关于“食莲花的”

偶然在友人处见到一本三卷三号的《真善美》，在“文艺的邮船”栏内有一篇曾虚白先生《致〈新月〉陈淑先生的信》，是答辩他的《英国文学ABC》的批评（曾先生称指摘）的。在第四五页上有这几句话：

> Lotus Eater 这个名词，我曾见过有人译它做食莲花者而引起了一个指摘家的谩骂，当时就很为他不平，现在蒙你又来指教我了，那是很可感谢的。这食莲的出典是在希腊神话中，据说尤利雪斯那班人走到一个岛上，食了那岛上的一种有刺的灌木名叫 Lotus 的所结的果实，就耽于逸乐，变成一群懒人了。因此所谓严正的指摘家就斥骂译者的荒谬，以为此 Lotus 非那 Lotus，何谓莲花？其实我想，希腊神话的遗传大半是诗人的幻想，荷马既以 Lotus 名此植物，我们又何尝不可

就译它做莲花。何况莲这一名应用甚广，所谓木莲，子午莲，莲子草，莲花白，莲花升麻，莲华草，莲华踯躅种种，哪一种是芙蕖一样的东西呢？

我疑惑上边所说是指我那篇《食莲花的》小文。曾先生的话说得对不对，我不想再加以“指摘”，但我前次说“食莲花的”译语只有六个字云“意思似不很对”，并未“斥骂”译者的“荒谬”，不知曾先生何所据而云然？倘若曾先生以为即此“又何尝不可就”指为“谩骂”，那么这也没有法子，我只有自认晦气罢了。

干政与干教

某校学生遍听各司令讲演，觉得关于东方道德，妇女问题等，意见多欠通达，有点怀疑，走来问我。我说明道，我们第一要知道他们是军人，军人对于文化等等问题本来未必会有很深的了解的。秀才谈兵，固是迂谬，兵谈文史，也难免外行。现在大家崇拜英雄，群起请训，虽然虚心可嘉，却叩错了门，有如请庖人来教尸[①]祝之法，真是牛头不对马嘴。现今的军人当然不再干政了，却渐有干教之倾向，而这乃是由教育家们亲自去求来的，所以这个责任还是在我们教育家。语云，投笔从戎，诸君子盖有之欤？

【锺校】

①“尸”原作“司”。

山东之破坏孔孟庙

七月七日日文《北京新闻》载济南五日发《东方》电云：

> 在泰安之山东省政府中充满冯玉祥系之人物，近来对于特权阶级，在土豪劣绅名称之下加以极度之压迫，没收其财产。且否认一切旧道德，破坏孔子孟子之庙，禁止祭祀。又如着旧式美服者一概不准面会，人民有批评省政府之行为者即捕而枪毙之等等，施行极端之新政。

日本人造中国的谣言，真是无所不用其极，而特别对于冯玉祥为尤甚。据日本人自己表示，他们反对冯的缘故，由于与冯交涉没有一回得利，又有别一半的原因则在民国十三年的驱逐溥仪就是日本汉文机关报《顺天时报》所痛骂的“逼宫”。在中国有识者看去，这是冯军最有功于国的一件事，但日本与中国照例是利害相反，所以他们便竭力反对，又因这对于日本给予一种暗示，更是痛心疾首，视如不共戴天。他们捏造逼宫后如何偷宝贝，北京的顺民还大都相信，继又宣传如何赤化，结果是提示奉鲁军阀“讨赤”的好名号，两年来把中国糜烂了十省。现在又开始宣传了。——据他们说，山东正在“赤化”了，关内已经没有仗义讨赤的人，那么这个责任当然落在日本身上，山东应当从“冯系”的手里救出而交与替天行道的田中义一：《东方通信》的意思可不正是如此么？

我们不是“冯系”，又不曾到山东去看过（济南为日本义师所占据，故津浦路断），不能替山东省政府答辩，但我相信这些宣传都是谎话，因为：（1）日本人的宣传无不与事实绝对相反，不可凭信，（2）山东省政府也没有厉行这些改革的魄力。平心说来，中国有些旧道德的确应该否认，丁祭应该禁止，孔庙应该改为各县的图书馆，除设备普通书籍外，宜特别注意收藏本地文献，如地志文集之类，可是这种改革不是拘谨的人所办得来的。即如简又文君所说，冯玉祥与国民军确是极好，我还觉得有很不满意的一点，便是旧礼教的色彩太重。在现今反动空气之中，凶恶的帝国主义（天津市党部粘贴“打倒帝国主义”的标语，日本领事即提出严重的抗议，承认帝国主义即是日本，这里所说却是泛指各国，虽然当然包括日本在内）的监视之下，这样办法或者多少有些利益，不过到底得不偿失，也不是国民革命的顺路。就现在的状态说，所谓“冯系”的人，决做不出否认旧道德毁坏孔孟庙这样过激的事来，虽然反对废止祭孔等事，倒是可能的，而且已证实了。

日本人专替中国来拥护礼教，维持道德，特别着眼于圣贤和男女之道，加以恶辣的指导或攻击，这是我们中国人所极应感谢的。他们知道从来的圣贤和男女之道的因革与资产阶级的利害有深切的关系，关于这些因革的宣传（造谣）最足以引起东西资产阶级的注意而发生本能的憎恶与反噬，在宣传的策略上他们确有深刻的了解，但如学究地从事实上立论，则日本人最不配对中国来谈什么道德。第一，日本对中国就最不讲道德。帝国主义的字典上本没有道德这一个字，或者不能怪他，但他也就决没有对人家来谈道德的资格。第二，中国的文化以及一切道德都是自己的，并不是借来的。自己的东西要的时候就要，不要时也就可以丢开，不必问别人的意见。中国旧道德的应因应革我们全有自主之权，日本毋庸容喙[①]。况且日本是君主国，与中国国体绝对不同，在君主国以为是天经地义的东西，往往是民主国的邪说，所以日本决不能以自己的标准来批评中国的道德问题。但是，这本来已经说过，是学究的迂拘的说法，日本的宣传原只是战略，丝毫不能以人类的理性与公义相衡，它的用意单在于造谣贾祸，所以我们的对付方法也只有揭穿他们的阴谋，根本地加以破坏，使大家知道凡日本人的宣传全不足信，此外对于他们一切理知的辩论说明我承认都是无用的废话。

（十七年七月十日，于北平）

【锺校】

①“喙”原作“啄”。

历史

天下最残酷的学问是历史。他能揭去我们眼上的鳞，虽然也使我们希望千百年后的将来会有进步，但同时将千百年前的黑影投在现在上面，使人对于死鬼之力不住地感到威吓。我读了中国历史，对于中国民族和我自己失了九成以上的信仰与希望。“僵尸，僵尸！”我完全同感于阿尔文夫人的话。世上如没有还魂夺舍的事，我想投胎总是真的，假如有人要演崇弘时代的戏，不必请戏子去扮，许多脚色都可以从社会里去请来，叫他们自己演。我恐怕也是明末什么社里的一个人，不过有这一点，自己知道有鬼附在身上，自己谨慎了，像癞病患者一样摇着铃铛叫人避开，比起那吃人不餍的老同类来或者是较好一点了吧。

老人政治

东方是奉行老人政治的。日本的田中义一老得像一只狒狒了，清浦奎吾还曾经死过复活。清朝的张文襄公干瘪如猴，庆亲王的照相则俨然骷[1]髅上戴着一顶红缨帽。我看了很是歆羡，只是怕自己活不到那样久，不到像木乃伊的样子便已身先朝露了。近来，这似已改良不少，五六十岁就大有柄政的希望。只要少无病而呻，不冲上前去，免于二次三次的清党之难，再活二十年是不很难的。到那时，那是我们的天下了。到那时，放屁放屁，真真岂有此理，要怎么说就怎么说，要怎么干就怎么干，岂不懿欤！

【锺校】

①"骷"原作"祜"。

欧洲整顿风化

承在上海的一位“吾家”寄给我一张十月二十四日的《新闻报》，“快活林”上有一篇独鹤编辑的“谈话”，题曰《欧洲之整顿风化》。其末一节云：

可是如今欧洲反整顿起风化来了，而且整顿得非常之严，几乎和我国老先生口中所讲的话差不多。那么欧化这两个字的招牌，岂不从此要打碎了。

中国人对于“洋□子”的态度我觉得有两种。其一凡洋必好，例如某甲说过：“因为外国人吃鸡蛋，所以兄弟吃鸡蛋。”所谓欧化式的洋跳舞家，洋话家，高跟鞋家都是这一派的。其二凡洋必坏，——但是有一例外，如该洋人知道颂扬至圣孔子，整顿风化（自然并能赏识蓄婢纳妾的良风，小脚辫发的美俗），与我国老先生差不多，那么这就很好，并且还应表彰，使迷途的青年知道西洋也有圣人而改悔自首。这一派的好意我是也很了解的，只可惜他们的根据不大稳固罢了。

西洋也有圣人，这句话（或这件事）即证明了它的反面：西洋也有臭虫。人总还是人，有智有愚，有善有恶，不问东西，无分南北。西洋的明白人比较多几个，所以觉得他们可佩服了，但那里也有官，有富翁，有军官，有道学家，有愚蠢昏愦的老小男女，所以他们也有些言行和我国老先生差不多，这原是极自然的事。争自由，求平等，一欧化也，杀人放火，亦一欧化也；解放的恋爱，一欧化也，禁止接吻，官准卖淫，亦一欧化也：欧化虽同而是非迥异，凡精神健全者一见能别，无待费词。如因欧洲整顿风化而以为中国所以也应整顿，则英日在上海广州济南等处的残杀也尽可用作中国任何方面的杀人放火的辩解矣。

我们不要忘记，欧洲也还是在资本主义而且又正在反动的时代。干脆地说，看他们被压迫者怎样反抗，即是我国青年最好的师范，在反动派怎样压迫青年上我国老先生们也发现了忠实的同志了。

《神州天子国》

十一月六日《读卖新闻》上登载东京万里阁书房的广告，有一册“酒井胜军谨著”的《神州天子国》，很引了我的注意。今将此节广告文译录于下，其文曰：

阐明皇统连绵二千五百八十有馀年万世一系我大日本帝国皇基之源，高唱天孙民族之世界的君临之实现决不在远的未来，本书之出现将震撼全世界欤。此超越哲学宗教科学的未曾有之卓见，深奥之研究，为四十年间前后数十回出入死地之著者之献身的毕生之著述也。际旷古之御大典，八千万同胞必读之国民读本，即此是也。

皇大神宫熊谷宫司，雾岛神宫能势宫司，山口宫中顾问官，佐藤大教正，头山满翁，题字。本文五六二页。定价二圆五十钱。

同八日报上“批评与介绍”栏内亦有记录，文曰：

此著者说我国建国之由来，以驳现代政治之腐败，叹信仰思想之紊乱，最后痛击德谟克拉西思想之横行，力说皇基之振起之国体编也。

照这上面的文章看来已可知道这是怎样的一册宝贝书，我虽不看他的全文，也可以学某小说里的一句话作批语：这个人如不被送到疯人院里去，将来或者要做一任文部大臣哩！不过我所奇怪的是，这是先天的，还是后天养成的呢？若是后者，那么这又是怎样养法？能够人为地养成这种奇人的教育家倒真值得褒奖，旌表，与活到一百岁及青年守寡等同样的不容易。但是，他人瓦上霜且莫管罢，现在来试问我国有没有这样的人呢？自然，“神州天子国”的书是不做了，发差不多的奇论的同志或同胞也未必没有罢？归根结底，这种超越哲学宗教科学的卓见恐怕是东亚的共产，而且日本也是从我们老牌神州输入的还说不定呢！懿欤休哉，此所以为东方文明也欤。

杀奸

十一月二十七日《世界日报》上法庭旁听记的题目是《杨家庄捉奸杀双案》，下注“原夫把奸夫淫妇一对人头——装在口袋里去投案”。宛平县的农人曹殿元因妻曹刘氏与张宽通奸，把这两个都杀死了，这并不算什么奇事，但记事中有一节话却很有意思：

> 曹被众人这样一耻笑，就打算要杀张宽。但是杀人是要抵命的，所以几次动了杀念，又吓回去了。后来曹在无意之中听见人说，大清法律上写的有条文，说捉奸捉双，要把男女两颗人头同时砍下来，那是不要抵命的。曹本是一个无智识的人，听见这话，他也不知道前清法律现在是不适用的，所以听见有几个人这样一说，他就下了杀人决心了。

结果是在今年“古历九月初十日”他遂犯了上边所说的捉奸杀双案，在北平地方法院审理中。

这件事自然就令人联想到十一月二十五日《京报》上登载的《某军搁验拘辱法官案》上去。据检察官连寿庚在北平法官全体会议席上报告：

> 本法院于本月十八日夜十一时准公安局北郊区署电称，第三分署界内大有庄十字街上有曾姓妇被现任国民革命军第三集团军十五军第二师参谋曾贤岑用枪击伤下身二处，旋即抬回十字街头九号（即曾贤岑之家），因伤重身死，请速检验等语。十九日上午九时十一时间又接该区署电称，该曾姓妇即系曾贤岑之妻，因平日不安于室，致被曾贤岑用枪击死。现该尸业经第二师长张显曾迫令抬往大有庄马圈东空地内掩埋。

结果是：

> 检验之际突有兵弁数十人蜂拥而至，均各持手枪，驱逐在场警察，并以手枪迎面威吓寿庚及书记官署长署员等，迫令离开尸场，声势极为凶暴。其时环观民众数百人均纷纷逃散，秩序大乱。寿庚睹此情形，当即离开数步，该兵弁等仍持手枪追随，迫令同赴该师团部，至团部时该兵弁等犹声呼殴打，幸未下手。

关于所谓摧残法权问题我们不想讨论，因为一则对于法政完全是外行，二则虽然“拘辱”，到底比张宗昌之枪毙高等厅长要好得多了：究竟是国民革命军，又有当局在平坐镇，距大有庄不过二三里路，不见得会闹得怎么厉害的。我所觉得特别有意义者是，上边所记的两个案件都是杀奸。宛平县农人曹殿元因其妻曹刘氏与人通奸，遂实行捉奸捉双，根据了“大清法律”。国民革命军第三集团军第十五军第二师参谋曾贤岑因其妻曾李氏“不安于室”，用手枪把她打死在十字街头，根据了——军法？

中华民国的法律是不承认杀奸的。农人是“无智识”的，军官是有枪的，都不承认中华民国的法律。说他们是无法律那也是太冤，不过他们承认更古的法律罢了：许可杀双的大清法律比中华民国古，许可杀单的自然比大清更古了。表面是中华民国，也有了民国的法律了，然而上上下下都还是大清朝或以前的头脑，确信“女子是所有物，犯奸该死”，只看这两件杀奸案可以为证。中国现在到底不知道还是什么时代，至少总还不像民国，连人权都没有，何论女权？——我看那班兴高采烈的革命女同志，真不禁替她们冤枉！（你们高兴什么？）

在女子学院被囚记

四月十九日下午三时我到国立北平大学女子学院（前文理分院）上课，到三点四十五分时分忽然听见楼下一片叫打声，同学们都惊慌起来，说法学院学生打进来了。我夹起书包（书包外面还有一本新从邮局取来的 Lawall 的《四千年药学史》），到楼下来一看，只见满院都是法学院学生，两张大白旗（后来看见上书“国立北京法政大学”）进来之后又拿往大门外去插，一群男生扭打着一个校警，另外有一个本院女生上去打钟，也被一群男生所打。大约在这时候，校内电话线被剪断，大门也已关闭了，另外有一个法学院学生在门的东偏架了梯子，爬在墙上瞭望，干江湖上所谓“把风”的勾当。我见课已上不成，便预备出校去，走到门口，被几个法学院男生挡住，说不准出去。我问为什么，他们答说没有什么不什么，总之是不准走。我对他们说，我同诸君辩论，要求放出，乃是看得起诸君的缘故，因为诸君是法学院的学生，是懂法律的。他们愈聚愈多，总有三四十人左右，都嚷说不准走，乱推乱拉，说你不用多说废话，我们不同你讲什么法，说什么理。我听了倒安了心，对他们说道，那么我就不走，既然你们声明是不讲法不讲理的，我就是被拘被打，也决不说第二句话。于是我便从这班法学院学生丛中挤了出来，退回院内。

我坐在院子里东北方面的铁栅边上，心里纳闷，推求法学院学生不准我出去的缘故。在我凡庸迟钝的脑子里，费了二三十分钟的思索，才得到一线光明：我将关门，剪电话，“把风”这几件事连起来想，觉得这很有普通抢劫时的神气，因此推想法学院学生拘禁我们，为的是怕我们出去到区上去报案。是的，这倒也是情有可原的，假如一面把风，剪电话，一面又放事主方面的人出去，这岂不是天下第一等笨汉的行为么？

但是他们的“战略”似乎不久又改变了。大约法学院学生在打进女子学院来之后，已在平津卫戍总司令部，北平警备司令部，北平市公安局都备了案，不必再怕人去告诉，于是我们教员由事主一变而为证人，其义务是在于签名证明法学院学生之打进来得非常文明了，被拘禁的教员就我所认识，连我在内就有十一人，其中有一位唐太太，因家有婴孩须得喂奶，到了五时半还不能出去，很是着急，便去找法学院学生要求放出。他们答说，留你们在这里，是要你们会同大学办公处人员签字证明我们文明接收，故须等办公处有人来共同证明后才得出去。我真诧异，我有什么能够证明，除了我自己同了十位同事被拘禁这一件事以外？自然，法学院男生打校警，打女子学院学生，也是我这两只眼睛所看见。——喔，几乎忘记，还有一个法学院男生被打，这我也可以证明，因为我是在场亲见的。我亲见有一个身穿马褂，头戴瓜皮小帽，左手挟一大堆讲义之类的法学院男生，嘴里咕噜的，向关着的大门走去，许多法学院男生追去，叫骂喊打，结果是那一个人陷入重围，见西边一个拳头落在瓜皮帽的上头，东边一只手落在瓜皮帽的旁边，未几乃见此君已无瓜皮帽在头上，仍穿马褂挟讲义，飞奔地逃往办公的楼下，后面追着许多人，走近台阶而马褂已为一人所扯住，遂蜂拥入北边的楼下，截至我被放免为止，不复见此君的踪影。后来阅报知系法学院三年级生，因事自相冲突，“几至动武”云。我在这里可以负责声明，“几至”二字绝对错误，事实是大动其武，我系亲见，愿为证明，即签名，盖印，或再画押，加盖指纹，均可，如必要时须举手宣誓，亦无不可也。

且说法学院学生不准唐太太出去，不久却又有人来说，如有特别事故，亦可放出，但必须在证明书上签名，否则不准。唐太太不肯签名，该事遂又停顿。随后法学院学生又来劝谕我们，如肯签字即可出去，据我所知，沈士远先生和我都接到这种劝谕，但是我们也不答应。法学院学生很生了气，大声说他们不愿出去便让他们在这里，连笑带骂，不过这都不足计较，无须详记。

那时已是六时，大风忽起，灰土飞扬，天气骤冷，我们立在院中西偏树下，直至六时半以后始得法学院学生命令放免，最初说只许单身出去，车仍扣留，过了好久才准洋车同去，但这只以教员为限，至于职员仍一律拘禁不放。其时一同出来者为沈士远陈逵俞平伯沈步洲杨伯琴胡浚济王仁辅和我一共八人，此外尚有唐赵丽莲郝高梓二女士及溥侗君当时未见，或者出来较迟一步，女子学院全体学生则均鹄立东边讲堂外廊下，我临走时所见情形如此。

我回家时已是七点半左右。我这回在女子学院被法学院学生所拘禁，历时两点多钟之久，在我并不十分觉得诧异，恐慌，或是愤慨。我在北京住了十三年，所经的危险已不止一次，这回至少已经要算是第五次，差不多有点习惯了。第一次是民国六年张勋复辟，在内城大放枪炮，我颇恐慌，第二次民国八年六三事件，我在警察厅前几乎被马队所踏死，我很愤慨，在《前门遇马队记》中大发牢骚，有马是无知畜生，但马上还有人，不知为甚这样胡为之语。以后遇见章士钊林素园两回的驱[①]逐，我简直看惯了，刘哲林修竹时代我便学了乖，做了隐逸，和京师大学的学生殊途同归地服从了，得免了好些危险。现在在国立北平大学法学院学生手里吃了亏，算来是第五次了，还值得什么大惊小怪？

我于法学院学生毫无责难的意思。他们在门口对我声明是不讲法不讲理的，这岂不是比郑重道歉还要切实，此外我还能要求什么呢？但是对于学校当局，却不能就这样轻轻地放过，结果由我与陈沈俞三君致函北平大学副校长质问有无办法，能否保障教员以后不被拘禁，不过我知道这也只是这边的一种表示罢了，当局理不理又谁能知道，就是覆也还不是一句空话么？

打开天窗说亮话，这回我的被囚实在是咎由自取，不大能怪别人。诚如大名鼎鼎的毛校长所说，法学院学生要打进女子学院去，报上早已发表，难道他们不知道么？是的，知道原是知道的，而且报上也不止登过一二回了，但是说来惭愧，我虽有世故老人之称（但章士钊又称我是胆智俱全，未知孰[2]是），实在有许多地方还是太老实，换一句话就是太蠢笨。我听说法学院学生要打进来，而还要到女子学院去上课，以致自投罗网，这就因为是我太老实，错信托了教育与法律。当初我也踌躇，有点不大敢去，怕被打在里边，可是转侧一想，真可笑，怕什么？法学院学生不是大学生而又是学法律的么？怕他们真会打进来，这简直是侮辱他们！即使是房客不付租金，房东要收回住屋，也只好请法院派法警去勒令迁让，房东自己断不能率领子侄加雇棒手直打进去的，这在我们不懂法律的人也还知道，何况他们现学法律，将来要做法官的法学院学生，哪里会做出这样勾当来呢？即使退一百步说，他们说不一定真会打进来，但是在北平不是还有维持治安保护人民的军警当局么？不要说现今是在暗地戒严，即在平时，如有人被私人拘禁或是被打了，军警当局必定出来干涉，决不会坐视不救的。那么，去上课有什么危险，谁要怕是谁自己糊涂。我根据了这样的妄想，贸贸然往女子学院上课，结果是怎样？法学院学生声明不讲法不讲理，这在第一点上证明我是愚蠢，但我还有第二点的希望。我看法学院学生忙于剪电话，忙于“把风”，觉得似乎下文该有官兵浩浩荡荡地奔来，为我们解围，因此还是乐观。然而不然。我们侥天之幸已经放出，而一日二日以至多少日，军警当局听说是不管。不能管呢，不肯管呢，为什么不，这些问题都非我所能知，总之这已十足证明我在第二点上同样的是愚蠢了。愚蠢，愚蠢，三个愚蠢，其自投罗网而被拘禁也岂不宜哉。

虽然，拘禁固是我的愚蠢之惩罚，但亦可为我的愚蠢之药剂。我得了这个经验，明白地知道我自己的愚蠢，以后当努力廓清我心中种种虚伪的妄想，纠正对于教育与法律的迷信，清楚地认识中国人这东西的真相，这是颇有意义，很值得做的一件事，一点儿代价算不得什么。我在这里便引了[③]《前门遇马队记》的末句作结：

> 可是我决不悔此一行，因为这一回所得的教训与觉悟比所受的侮辱更大。

（中华民国十八年四月二十四日，于北平）

［附记］近一两年头脑迟钝，做不出文章，这回因了这个激刺，忽有想写之意，希望引起兴趣，能够继续写去，所以我颇对于此文有一种眷念与爱好[④]。文中

所记全系事实[5]，并无一句是文章上的虚饰语，恐读者误会，特并声明。

【锺校】

①“驱”原作“躯”。

③此处原衍“一”字，已删。

④“所以我颇对于此文有一种眷念与爱好”原作“所以我颇对此种眷念文有与爱好”。

⑤“文中所记全系事实”原作“文一于中所记全系事实”。

【鄢校】

②“孰”原作“熟”。

《专斋漫谈》序(代跋)[1]

何谓专斋？此有三义。甲，斋中有一块古砖，因以为号焉。乙，专者不专也，言于学问不专一门，只是“三脚猫”地乱说而已也。丙，专借作颛，颛蒙愚鲁。昔者“狂飙”主人为豫言三世，初名开明，继为岂明，复次当为不明，今故奉教以专为名尔。三者义各有当。谈及古董时取甲义，妄论学艺，则取乙义，又若对于社会信口雌黄，有违圣教，不治舆情，老夫攒眉，小生竖发，乃悉由于不明之故，应作丙义解也。

中华民国十七年十二月一日，于北平市。

【锺校】

①“代跋”原作“跋”，据目录改。原注：《漫谈》未续写，移作本集代跋。

图书在版编目(CIP)数据

永日集/周作人著作;锺叔河编订.—长沙:岳麓书社,2019.1
ISBN 978-7-5538-0850-5

Ⅰ.①永... Ⅱ.①周...②锺... Ⅲ.①散文集—中国—现代
Ⅳ.①I266

中国版本图书馆CIP数据核字(2017)第324390号

YONG RI JI

永日集

周作人著作 锺叔河编订

特约编辑:鄢 琨

责任编辑:蒋 浩

责任校对:舒 舍

书籍设计:风格八号

岳麓书社出版发行

地址:湖南省长沙市爱民路47号

直销电话:0731-88804152 0731-88885616

邮编:410006

2019年1月第1版第1次印刷

开本:787mm×1092mm 1/32

印张:6.125

字数:99千字

印数:1-5 000

ISBN 978-7-5538-0850-5

定价:24.00元

承印:长沙鸿发印务实业有限公司

如有印装质量问题,请与本社印务部联系

电话:0731-88884129